normal

黒田しおん

明窓出版

目次

恋人の色

「ねぇ、あなた。私のツバメにならない？」

見ず知らずの女性から突然そんなことを言われたら、たいていの男は驚くだろう。

当然、僕も驚いた。

「はぁ？」

「あなた、夜は毎日このお店でアルバイトしてるの？」

「はい」

「大学生よね。いくつ？」

「二十二歳です」

両手に隠れた黒革の財布を柔らかく握りしめたその女性は、羽を広げた孔雀のような綺麗な笑顔を見せた。

「時給いくら？」

「千円」

「月収は？」

「十万ちょっと」

「三倍あげるから、私の所に来なさいよ。好きなことしてていいから。どう？」

客足が途絶えた深夜。素性も分からない女性から、唐突な誘いを受けて面食らった僕は、おでんを眺めながら三十秒ほど迷ったが、衣食住を保証された夢のようなアルバイトに思え、おもむろに頷いた。

「物分かりがいいのね。じゃ、今夜から泊まりにいらっしゃい。隣のマンションの805号室よ。何時でもいいから」

どんなに都合よくできたテレビドラマよりも都合よく、他人が聞いたら呆れ返るような安易さで、簡単にナンパされた僕は、その夜から、黒田シオンのツバメになった。

スポーツ店の経営者で、レストラン《WILD&MILD》のオーナーでもあるシオンは、マイルドな性質の女だった。

ツバメの僕に、シルク素材のピンクのパジャマを着せて満足し、ペットを呼び寄せるように「モモちゃん」と呼ぶ。

「モモちゃん。暇な時は、お店においで？」

「どっちの？」

「スポーツ店」

「手伝うの？」

「ううん。何もしなくていいの」

レストランもスポーツ店も経営は上々で、従業員にも不足はない。

「俺、手伝ってもいいよ。夜は一人で暇だから」

帰宅は深夜と決まっているシオンを待ちわび、ビデオを観ながら寝てしまう僕は、一人寝の切なさに負けそうになっていた。

「夜遊びしないの？」

「今まで夜はバイトしてたから、昼間遊んでるんだよ」

「付き合ってる子は、いないの？」

独占欲を持たないシオンは、僕が誰と何をしようが一向に気にかけない。それが不思議で、時々淋しい思いをすることがある。

「他の女の子と何しても平気なの？」

「そういう条件でしょう？」

「そんな馬鹿みたいな契約、なんでしたの？　なんのメリットもないよ。大金渡して、好きなように使われて、損するだけだよ」

「誰かを愛している証拠が欲しかったのよ」

「証拠？　（物的証拠。存在証明）」

咄嗟に、そんな四字熟語が浮かんだ。

「じゃ、気持ちはどうでもいいの？」

「気持ち？　一緒に寝てるじゃない。嫌なら寝ないわよ」

寝ると言っても、ただ枕を並べて寝ているだけだ。

シオンは、性愛を厭う質だった。

「俺の気持ちだよ。シオンの帰りを待って、一緒に寝ている俺の気持ち」

ベッドの中で、エロチック漫画片手に不満を露にする僕を眺めながら、シオンはブランデーを飲んでいる。

「ねぇ、どうなの？」

「束縛されたいの？　モモちゃんは」

「……ツバメってさ、年上の女の人に愛される若い男っていう意味じゃないの？　なんだか俺、ちっとも愛されてるような気がしないんだけど」

「愛してるから自由を提供してるのよ。分からない？」

僕は、もっと情熱的な言葉や、嫉妬や情欲が欲しかった。けれど、シオンが提供する愛情の次元は高く異質で、次元の低い凡庸な僕には物足りなかった。けれど、自由で豊かな生活を提供され、夢のような幸運を手に入れたのだ。それ以上の要求は過ぎた贅沢とあきらめ、おとなしく寝ることに決めた。

シオンは、そんな僕の欲求を知っていながら何も言わず、何もしてはくれない。ソファーに身体を沈め、相変わらず平然とした顔で、ブランデーの味に酔っているのだ。

僕は、そんなシオンの淡泊さに不満を言えるような立場ではないが、やはり欲求不満のつけは、夜中に襲いかかってくるのだった。

深夜、ベッドに入ったシオンは、いつも決まって僕を抱きしめ、キスをすると、そのまま眠ってしまう。疲れてもいるのだろうが、キスに弱い僕をからかい、面白がっているようにも見える。そんな時、力尽くで思いを遂げようとすると、「駄目よ、今日はアレなの」と、柔かな言葉で拒絶する。

「この前もそう言ったじゃないか。シオンは毎日アレなのかよ。なんだよ、まったく！　……シオンって、本当は男嫌いなんじゃないの？　そうなんだろう。何か言えよ！」

腹立ちまぎれに投げつけた言葉は、何の手応えもなく、暗闇の中に消えてなくなる。

シオンは、僕の嫌味にも情欲にも動じない、不思議な神経の持ち主だった。

ツバメとして囲われた自分が、実は単なる同居人でしかないという思いが、日毎に確信へと傾いて行く。けれど、すでに芽生えたシオンへの恋心は募り、哀しくなるほど身体の芯が痛む。その痛みに思わず音を上げたくなった夜、ラジオから流れてきた歌が、体中の痛みを涙の音符に変えてしまった。

——抱かせて　マイ・クラシック
　酔わせて　ユア・アクション
　　泣かせて　マイ・クラシック
　　　愛恋し——

持て余したたまらない愛欲が、サビの部分で一塊の吐息に変わり、一瞬にして飛び散った。

その時、玄関のチャイムが鳴り響いた。

すかさず壁の時計に目をやり、シオンの帰宅にしては早すぎる時刻に、わずかな期待をかけて玄関へと急ぎ、あわただしくドアを開けた。すると、そこに見知らぬ女性が立っていた。

「あら、あなたは？」

「あぁ……」

咄嗟の返答に窮する僕を、不思議な笑顔で眺め回したその女性は、「ふぅーん、そう？」と、一言で返した。

「あの、何か？」

「シオン好みのタイプだなと思って。ねぇ、入ってもいい？」

「えっ？　あぁ、どうぞ」

シオンと同じぐらいの年齢で、シオンと違った強い個性を放つその人は、身近な友人の一人らしく、部屋に入ると慣れた様子でコーヒーを入れ、ソファーで寛ぐ様子を見せた。

「何かやってるの？」

「いいえ、別に。学生ですから」

「シオンに、なんて呼ばれてるの？」

「……色々と。名前は、百瀬秀明ですけど」

「ふぅーん。ねぇ、百瀬くん。今度うちに来ない？　私も一人なの。どうせシオンの帰りは遅いんでしょう？　夕ご飯、一緒に食べようよ。ね？」

初対面の男に無遠慮な言葉で接し、自分の気持ちをはっきりと言い渡す彼女は、僕に嫌とは言わせない、強烈な威圧感と圧倒的な支配力を感じさせた。

「別に、いいですよ」

「ほんと？　じゃ、さっそく今夜、どう？」

「……晩飯、食ってないし。いいですよ」

あまりにも性急な展開に、本気なのだろうかと訝りつつ、曖昧な笑顔で答えた。

「でも、シオンのお店は嫌よ」

「どこでもいいですよ。近くのファミリーレストランでもいいし」

「じゃ、今から行こうか？」

彼女は本気らしく、テーブルに置いた車のキーを撮み上げると、たった一言で同意を促した。

「じゃ、決まりね！」

清冽凛然。

彼女の個性と雰囲気を一言で形容したものだが、初対面の強烈な印象の中に、なんとなく抵抗できない不思議な魅力があった。

そんな彼女は、百七十センチを優に超す長身と、他人の気を惹かずにはおかない特別な空気を運び入れたファミリーレストランで、安上がりなデート気分に浸っていた多くのカップルに、充分な刺激を与えた。

ウエイトレスに案内された窓際のテーブルに着くと、際立つ魅力に吸い寄せられるようにウエイターが現われ、二人分の注文を確認すると、好奇心と好意の入り混じった熱い眼差しを彼女に向けたまま、静かに立ち去った。

僕は、そのウエイターから、無言で興味のバトンを受け継いだ。

「自己紹介、まだでしたよね。僕は済ませましたけど」

すると、つまらない質問に答える外国人映画スターのような表情で、彼女は答えた。

「シオンとは大学時代からの付き合いで、趣味志向が同じなの。名前は、奥村亜美」

「趣味志向って、ツバメ愛好家？」

「ふふ。似たようなものね。でも、私は濃厚よ。シオンは淡泊でしょう」

僕は、しかたなく頷いた。

「シオンと同棲していたことがあるくらい、好みのタイプが似てるのよ。二つの祖国を持つ美少年タイプ。でも、欲求不満に陥って別れたの」

奥村亜美の受答は簡粗で、僕に考える余裕も疑問の余地すらも与えない。それだけに、話の意味が理解できず、納得することもなく、ただ亜美の強烈な個性に、絡め取られて行くだけのような気がした。

「仕事は、どういう？」

「英語とスペイン語の通訳」

「スペイン語？　俺、好きなんです。時々テレビのスペイン語講座、観てますよ」

「そう？　じゃ私が教えてあげるわよ」

ここで一気に心を掴もうとするかのように、テーブル越しに身を乗りだした亜美は、射るような目で見つめた。

「ねぇ、今夜うちに来ない？　泊まってもいいのよ。秀明さえよければ」

僕は、亜美のそういう言葉を待っていた。

シオンは、僕の行動に興味など持ってはいないし、束縛もしない。そういうシオンの帰りを待ちわび、結局何もない夜は辛く、欲求の捌け口を探していた僕には、絶妙なタイミングで訪れた幸運に思えた。

「うん、行きたい」

「ふふ。決まりね。じゃ、このまま行く？」

僕は、シオンの存在など、どうでもいいと思った。

「奥村さんの好きなようにしていいですよ。シオンは、俺が何をしても平気だし、自由を提供してるらしいから」

すると、亜美の右手がすっと伸び、僕の左手を握りしめた。

「私の恋人にならない？　シオンに内緒で」

社会通念など念頭にない亜美の一言に驚き、その強烈な誘引力に身体の芯が熱くなる。

「今夜、私のベッドで寝る？」

「……考えておきます」

「いつまでに？」

「……寝るまでに」

すると亜美は苦笑し、バッグから取り出したロスマンズに火を点けた。

ちょうどその時、注文したピザとパスタが届き、バジルの香りが僕の嗅覚と本能を刺激した。

「奥村さんて、バジルの匂いに似てますね」

「……どういう意味？」

「どんな匂いにも絶対負けない強い個性と、その匂いに惹かれて触れたら中毒を免れない麻薬のような魅力があるから」

「私と寝るのが恐いの？　それとも、シオンを裏切るのが恐いの？」

「麻薬中毒が恐いだけ」

「女の子みたいなこと言うのね。大丈夫よ、慣れるから。ねぇ、今夜ＯＫでしょう？」

亜美は、僕の柔な感性などには構わず、自分の欲求に忠実に物事を推し進めて行った。


亜美の住まいは、入居者の大半が外国人で占められたマンションの最上階にあり、二部屋の一つを仕事部屋に充て、もう一つが寝室になっていた。

２ＬＤＫの機能的な空間は、シオンの部屋の間取りと似ていたが、マイルドな性質のシオンとは対照的に、ワイルドな性質の亜美の部屋には、男性的な空気が漂っていた。

「仕事をするには快適な部屋ですね。この雰囲気と空気、好きだな」

「同じ本能の持ち主だからよ。ねぇ、お酒飲む？」

「めちゃくちゃ弱いから、いらない」

「じゃ、寝る前に飲ませてあげる」

居場所と状況は変わっても、亜美の雰囲気と態度に変化などなかった。

「なんか、奥村さんて、男の人みたいだな」

「精神は男よ。外見と言葉づかいが女性的なの」

「ふぅーん。じゃ、ホモセクシャル的な愛し方するの？」

すると亜美は、男を愛する男のような態度で「そうしてあげようか？」と前置きし、即座に歩み寄ると、その気で僕を抱きしめた。

「驚いた？」

「……別に」

「ふっ。バジルの匂いに慣れたみたいね」

そして男のような仕種でキスをし、腰に手を回し、寝室のドアを開け、中央のダブルベッドを一瞥すると、征服欲に充ちた鋭い視線を向けた。

「……シャワー」

「冷静なのね。それとも、私に犯されそうで恐くなった？」

言いながら抱きしめ、濃厚なキスで燃え上がらせる亜美は、シオンには求められない愛欲を確実に充たしてくれるような期待を抱かせた。

そして衣服を脱ぎ捨てシャワーを浴びながら、何もかも奪い合うような激しいキスをくり返す亜美に僕は夢中になり、まもなく抑えきれなくなった情欲と一緒にバスルームを飛び出し、ベッドになだれ込んだ二人は、身体に残った雫よりも多くの汗をかいた。

「秀明。シオンの所へ戻りたくなくなったでしょう？」

快楽の極みに到達した後、亜美が耳元で囁いた。

「しばらく、ここに居なさいよ」

「……うん」

亜美の強引さは、身体の芯の痛みを歓びに変え、その歓びをしばらく提供してくれるのだと信じたかった。

「シオンは、秀明に抱かれたがらないの？」

「全然。だから、夜は泣きたくなるほど辛いんだ」

隣で煙草を喫いながら、亜美はセラピストのような質問を続けた。

「全くないわけではないんでしょう？」

「一度もないよ。毎晩、拷問並の苦痛に耐え忍んでいるだけ」

「言わなかったの？」

「言っても無駄。男嫌いなのかと思うくらい完全拒絶」

「じゃ、シオンに拒絶されなかったら、私になびかなかったわけ？」

そうかもしれない。

シオンは情愛の濃い女で、亜美は性愛の濃い女。その二人に関わった自分は、得な男なのか都合がいい男なのか、よく分からなかった。

「ペットでも飼ってるつもりなのかな」

「鑑賞用にリースしている、退廃ローマ帝国の美しい少年奴隷。そんなところじゃない？」

綺麗な刺で飾った亜美の言葉は、嫉妬する男の暴言のようにも聞こえたが、反論の余地はなかった。

「シオンは、昔から淡泊だったの？」

「本人に訊いてみたら？」

そう言い、煙草を揉み消した亜美の横顔は、圧倒的な存在感を誇示する、ローマ彫刻のように見えた。

「お酒、飲む？」

「うん」

「シオンが好きな、ブランデーよ。ふふふ」

その挑発的な言葉と冷ややかな笑顔で、ベッドから抜け出た亜美の裸を見た時、シオンの柔かな肌の温もりが恋しくなった。

四日目の朝。シオンの部屋に戻り、寝室を覗くと、ベッドで裸のシオンが眠っていた。

一瞬、死体かと思い、不安に駆られて近づき、そっと頬に触れてみた。

「ん？　……モモちゃん。どこにいたの？　ねぇ、どこへ行ってたのよ」

わずかな感触に敏感に反応し、目を開けるなりそう言うと、すかさず僕を抱き寄せた。

そんなシオンの裸は疎か、泣き出しそうな顔で縋りつく姿を初めて目にした僕は、驚いた。

「ずっと待ってたのよ。ずっと」

涙で声を詰らせ、切ない気持ちを訴える。

「ごめん。でも、シオンは何があっても平気だと思ってたから……」

「女の子の所に、泊まってきたの？」

「……」

「キスマーク、付いてるわよ」

「えっ？」

咄嗟に首に手をあて、狼狽する僕に、シオンは「嘘よ。モモちゃんて、嘘がへたなのね」と言い、淋しそうに笑った。

そんなシオンの、やさしい嫉妬を匂わせる小さな嘘と、切なそうな笑顔に胸が痛んだ。

「モモちゃん」

「うん？」

「隣に寝てよ」

「……うん」

「裸でね？」

「……裸で？」

一瞬、耳を疑い、半信半疑で訊き返すと、綺麗な笑顔が頷いた。

そんなシオンの真意を計りかね、裸を盗み見ながら怖々と衣服を脱ぎはじめると、

「初体験に挑む少年みたいな顔してるわよ」

と、焚き付ける。

「じゃいいよ。大胆になってやるよ」

シオンの軽口に乗ってその気になり、衣服を脱ぎ捨てベッドに入ると、シオンの柔らかな肌の温もりが、胸の鼓動まで伝えてくる。

「こういう状態、たまらなく辛いんだけど」

「じゃ、辛くないようにして」

「そんな。俺、何も悪いことし……たかもしれないけど、勘弁してよ。おかしくなりそうだ」

「……抱いて？」

「……今、なんて言ったの？」

「愛してほしいの」

「……本気なの？」

「本気よ。でも、やさしくしてね？」

にわかには信じられない甘美な誘いだった。けれど、無理をして阿るような気配はない。

シオンは、僕が不在の四日間で何かを失い、何かに気づき、変貌したのかもしれない。そう思うと、先ほどの涙がその証しに思え、微妙な表情を探りながら、初めて触れる柔かな肌に、想いの丈を重ねて行った。

やがて、耳元にかかる吐息が熱をおび、滑らかな白い肌が淡紅色に染まると、シオンは顔を歪め、呼んだ。

「ヒデアキ」

「……どうしたの。嫌なの？」

それには答えず、乾いた唇を舌で艶めかせ、薄紅色を濃くした。

その唇に魅入った瞬間、抑えきれなくなった勢いがシオンに向かった。

シオンの顔が驚いた。が、まもなく、静かな悦楽の表情に変わり、シオンの悩ましい声が僕の悦びに、僕の勢いがシオンの悦びを深めて行った。

そして、濃密な時間が無限に拡がり、果てしなく続く夢の彼方から、秘めやかな声が聞こえた。

「ヒデアキ」

声と共に、やさしい手が伸びる。

「ねぇ、来てよ」

溶けそうなほどに甘えた催促の声に応え、艶やかな唇にキスをした。

「シオン。どうして今まで拒否してたの？」

「知らなかったから」

「何を？」

すると、僕の耳元に唇を当て、囁いた。

「セックス」

まさか、冗談だろうと思った。けれど、これまでの態度を考えると嘘とも思えず、平静を装い「ふぅーん」と流した。

「二十八歳で初めてなんて、おかしいでしょう？」

「別におかしくないよ。一生ない人だっているんだ。……でも、よかったね。よくなかった？」

「……よかった」

恥ずかしそうに囁いたシオンは僕を抱きしめ、顔を隠そうとする。

「それじゃ、今夜から裸で寝ようよ。ね？」

「いいわよ」

「よし！　それじゃ、ピンクのパジャマ、結構気に入ってたけど、しまっておいて。

風邪ひいた時に着るから」

「ふっ。じゃ、改名しなきゃね？」

「そうだな、今度は、ペットらしくない名前がいいな」

その時、迷惑な電話の呼び出し音が鳴り響いた。

シオンは、ゆっくり手を伸ばし、気怠そうな声で電話を受ける。

「はい、黒田です。……あら、どうしたの？　……寝起きだからよ。……いつ？　……それで？　……その必要はないわ。関係ないじゃない。……私の問題よ。……だったらどうなの？　……違うでしょう？　そんなこと言ってないじゃない。……無理よ。だから、そうしてるのよ。……そんなこと、いつまでも続くわけないじゃない。……やめてよ。……駄目よ。……卑怯ね。……あるわよ。……そうよ。だから亜美には渡さない」

亜美？　その名前を耳にした瞬間、体内に電流が走った。

その後、受話器を戻し、ベッドを離れたシオンは、素肌をガウンで覆うと、静かに寝室を出て行った。

僕は、激しい性質の亜美と、シオンとの間で交わされた会話の一部を想像し、亜美の卑劣な行為に苛立った。けれど、それ以上に、僕の裏切り行為を知ったシオンの顔を見るのが恐かった。

そんな僕の神経はキッチンの物音に集中し、視線は寝室のドアから離れない。けれど、様々な言い訳で雑駁な意識が拡散してしまう。

僕は目を閉じた。すると、まもなくキッチンを離れ、衣擦れの音と共に近づくシオンの気配を感じた。

「のど乾いたでしょう?」

その声は、いつものように柔らかく、受け取ったグラスには、沢山の氷とオレンジジュースが入っていた。

僕は、手にしたグラスの中の綺麗な液体を眺め、横顔を向けるような形で隣に座り、煙草に火を点けたシオンの様子を窺った。

「……奥村さんから、聞いたんだろう? 言い訳しないよ。ごめん」

「いいのよ謝らなくても。初めから、自由で束縛のない関係なんだから」

「本音を言えばいいじゃないか」

「本音を言ってるのよ。契約に反するようなことは言わないわ。それに、誰も悪くないもの」

「じゃ、さっきの涙はなんだったんだよ。俺をその気にさせただけなのか。そんな見せかけの愛人ごっこなんか、うんざりだ！」

するとシオンの横顔がわずかに強ばり、グラスの中の氷が、カチンと音を立てた。

「それで、亜美の所へ行くの？」

「……行かないよ。俺は、シオンの恋人になりたいんだ。金で囲われて、愛を感じられない生活なんか、もう嫌だ」

僕の本音を聞いたシオンは俯き、白いガウンに涙を落とした。

その、涙を拭ったシオンの手を、そっと引き寄せる。

「本気なの？」

「本気だよ。ここに来た時から、ずっと思ってた。でも……」

「なに？」

「シオンは、人畜無害な生きものコレクターで、自由という名の網で採集された自分は、金という名のピンで刺された昆虫みたいな存在なんだと思った。だから、ピンを抜いて、網の外へ出て行きたかったんだ。シオンは、見ているだけで満足なのかもしれないけど、僕はハーレムの宦官じゃない。性愛が欲しい普通の男なんだ。だから……」

「ごめんね、辛い思いさせて。だけど、もうそういう思いはさせないから、そばにいて。出て行きたくなるまで、ここにいてよ。お願いだから、そばにいて」

僕にしがみ付き、涙ながらに懇願するシオンの姿はいじらしく、愛しかった。

「分かったよ。シオンに迷惑がられるまで、ここにいるよ」

その時、こうして抱き合ったまま、二人が溶けてなくなるのではないかと思った。

あの、グラスの中の氷のように。

僕を受け入れてからシオンの帰宅が早まり、二人で過ごす時間を楽しむようになった。

僕は、そんなシオンの変化に満足し、念願の恋人にも昇格し、シオンのコンプレックスを取り除いた唯一の男、という輝かしい快挙にほくそ笑んだ。

シオンは、そんな僕を眺め「アレース」と言って笑う。

「なに？　アレースって」

「サッフォーの詩の中に出てくるギリシア神話の軍神よ。〈入り来る花婿はアレースのごとく丈高く、世の背高き男よりもはるかに丈高ければ。〉……『祝婚歌断章』という詩の最後の二行、そこが好きだったの」

「ふぅ——ん。サッフォーの詩なんて読むの？」

「大学の時にね、時々読んでたの」

華やかな美貌に果実のような甘い香りを漂わせ、僕の回りをフワフワと歩くシオンは、世俗に疎い良家の令嬢のように見える。

「来年、無事に卒業できそう？」

厄介な卒業論文に頭を痛める僕に、ココアを差し出しながら尋ねる。

「無理かな？」

「じゃ、私が書いてあげようか？」

「本当？」

「嘘。駄目よ、自分で書かなくちゃ」

シオンは、やさしい嘘で僕をからかい、暖かな眼差しで年下の恋人を可愛がる。

「卒業したら、どうするの？」

「まだ決めてないけど、ツバメのバイト廃めちゃったし、どこにも就職できなかったら、恋人にも見捨てられそうだな」

「じゃ、パパになる？」

「はぁ？　誰の？」

すると、シオンは自分のお腹を指し、微笑んだ。

「……もしかして、妊娠したの？」

事と次第によっては、結婚に繋がる一大事である。僕は、いくぶん緊張しながら尋ねた。

ところが、シオンは、いたずらっぽい目でくすくす笑う。

「なに、冗談なの？」

「驚いた？」

「なんだ、びっくりした。……でも、本当に妊娠したら、結婚してくれる？」

「六歳も年上の女と？」

「たった六歳だろ？　そんなこと気にしてるのは、シオンだけだよ。結婚の話、真面目に考えといて」

その時、僕の言葉を真摯に受けとめたシオンは、明暗を併せ持つ不思議な表情で見つめ返した。

「亜美から、何も聞いてないの？」

「奥村さんから？　どんなこと？」

「……過去の話」

抑揚を欠いた声でそう言い、力なくソファーに沈み込んだシオンの横顔は、なぜか病み疲れた者のように見えた。

僕は、机の前で甘いココアを飲み、シオンの次の言葉を待った。

「私、秀明以外の男の人、知らないの」

「知ってるよ。過去の話って、まさか、そんなことじゃないんだろう？」

頷いたシオンは、くわえた煙草に火を点け、俯き、唇を舐め、落ち着きのない瞬きをくり返す。その様子から、容易には打ち明けられない秘密の経歴・体験・資質・関係・性癖などに想いを巡らせ、知る限りにおいて関係の深い人物の名を挙げた。

「もしかして、奥村さんに関係すること？」

図星だった。

亜美の名前は、シオンが封印した過去の悪夢を解放する起爆剤になり、観念したのか煙草を揉み消すと、重い口を開いた。

「秀明と出会うまで、私は亜美の恋人だったの。どういうことか、分かるでしょう？」

「……うん」

「亜美は同じ大学の同級生で、一年の時に、そういう関係が始まったのよ。最初は、女子校によくある擬似恋愛のようなもの。卒業するまでの関係。そう割り切って、遊んでいるだけだと思ってたの。ところが亜美は本気で、卒業してからも私を離したくないって言い出して、私が付き合い始めた男の人を、奪って行ったのよ。亜美はバイセクシャルで、私に執着はするけど、男の人とも簡単に関係を結べたの。そうして、私を引き留める手段や口実をうまく利用して、私を離そうとはしなかった。それも一度や二度のことじゃなく、秀明と出会うまで、ずっと続いてたのよ。もちろん、それまでにも亜美から解放されたくて、いろいろなことを考えて、実行してきたけど無駄だった。それで、もうどうしていいのか分からなくなっていた時に、あのコンビニで秀明を見かけたのよ。秀明は気づかなかったようだけど、何度か煙草を買いに行くうちに、差別や偏見のなさそうな綺麗な目をしている子だなと思って、抵抗なく近寄れて、一緒に居られたら安心できそうな気がしたの。それで、あの時、あんな恥ずかしいこと言っちゃったのよ。でも、男の人を知らなかったから、秀明の思いになかなか応えられなくて、いつも申し訳なく思っていた時に亜美が近づいて。また、同じことのくり返しかと思ったら……」

長い間蓄めていたものを一気に吐き出したシオンは、深いため息を漏らし、未来を案ずるような暗い顔で膝を抱えた。

「俺と結婚すれば片がつく問題だよ。まさか人妻にまで手は出さないだろう」

僕の簡単明瞭な解決策に唖然としたシオンは、目許にやさしい光を蓄めて行く。

「俺、卒業したら、スポーツ店の店員になりたいんだ。もちろん、面接の上、採用になればの話だけど。そうすれば、いつもシオンと一緒にいられるし」

ところが、不条理な恋のしがらみや、恩義を肌で感じたことがない僕の単純な発想の前に、シオンは厚い因果の壁を作った。

「私は私生児で、大学に入学した翌日から、アルバイトに明け暮れる生活が始まったの。そして二年目の夏、バイト先の喫茶店で出会った亜美が、辛くて淋しい生活に沈んでいた私を励まして、救ってくれたのよ。亜美は開業医の一人娘で、その頃レストラン経営が夢だった私に、自分名義の土地と資金を提供してくれたの。その恩を忘れることができないから、亜美と別れられないのよ」

「だったら店を返して、二人で新しい土地で仕事を探せばいいじゃないか」

「それも今までに何度も考えて、そうしたかったの。でも駄目なのよ。お店も恩も返してほしいなんて一度も考えたことがない。ただ、私だけが欲しいって、言ったのよ」

亜美が恋敵になるなんて夢にも思わなかった僕は、亜美の誘惑に簡単に乗った軽率さを恥じ、後悔した。

「男と関係は結べても、精神面で自分が男になりきれないと、満足できないのかな？」

「みたいね」

「でも、シオンが結婚すれば、諦めがつくと思うけど」

「そうなる前に、自分の体で私から秀明を引き離すつもりだったのよ。今までも、そうして私から離れて行った男たちのように」

その時、シオンの言葉を無視できない自分が情けなかった。気持ちの上ではシオンだけを愛しているのに、亜美との関係を拒絶できる自信がなかったからだ。

そんな僕の心情を理解し、慮るように、シオンは続けた。

「男の人は、性欲を満足させてくれる女を愛するものよ。それは当然のことで、初めは気持ちを尊重してくれてはいても、時間と共に自由にならない女には不満が募り、満足させてくれる女の所へ行きたがる。男の立場で考えれば、秀明もそう思うでしょう？」

僕を責めるのではなく、男の本能と生理、思考パターンを冷静に分析し、理解するような言い方をした。

「それで、シオンはどうなの？　奥村さんと本気で訣別する気があるの？　その行為も含めて」

僕は、二人の関係に嫉妬していた。その気持ちが刺のある言葉となって、シオンの胸を痛ませた。

「嫌なら拒絶できるよね。俺を受け入れられるようになったんだし」

「秀明はどうなの？」

「何が？」

「私に関係なく、亜美を拒絶する自信があるの？」

シオンの穏やかな声には、問い質す内容の厳しさと、僕の答えに期待できない哀しさが秘められているような気がした。

僕とシオンは、たった一人の女性を巡って、同じ痛みに苦しみながら、敏感な相手の本能に探りを入れ、傷口を広げ合っているようなものだった。そして、すでに出来上がっていた女同士の関係に、遅れを取って割り込んだ男の自分が嫉妬している。その憤懣が、次々と皮肉な言葉となって、シオンを傷つけて行く。

「同性愛を理解することは難しいけど、奥村さんは、ホモセクシャル的な愛し方ができる人だから、へたな男よりも」

「やめて！　そういう言い方。そういう言い方だけは、しないで」

シオンは、自分が抱え持つ不条理な性癖に苦しみ、嘆くような表情で遮った。

その後、思うような解決策にも結論にも到達できない苦悩と苛立ちから、二人は沈黙を通した。

そんな僕とシオンは、同じ不幸と苦悩を共有する、不運なカップルのように思えた。

シオンと亜美の関係を知ってから、僕は激しい嫉妬に苦しみはじめた。

シオンが僕を選び取り、亜美を拒絶すれば簡単に解決する問題を、今まで引きずってきた元凶が、シオンの未練と性癖だけのような気がして苛立つ毎日。

(男よりも女の方がいいのか！)

と、シオンの顔を見るたびに心の中で叫び、愚弄し、毎夜、身勝手な情欲で征服し続けた。その、嫉妬心から生まれた暴圧的な独占欲が、シオンの体を傷つけ、いつの間にか心まで傷つけてしまっていた。

その報いが訪れた夜。いつものように、シオンを抱こうとした時、シオンは嫌そうな顔で拒絶した。

「ねぇ、やめて。嫌なの」

「なんでだよ」

「その気になれないの。駄目なのよ」

「心が？　それとも、体が？」

「……両方よ」

一瞬、体の芯が冷えた。さらに次の言葉を聞いた時、惨めな敗北感に襲われた。

「亜美は、どんなに嫉妬しても、私を傷つけるようなことはしなかった。私が好きになった男の人には厳しかったけど、私にはやさしかった」

そう言い、背を向けると、触れられることさえ嫌そうに、二人の間に距離を作った。

僕は、恋人の座を女の亜美に奪われたような喪失感と脱力感とで、身動きがとれなくなり、シオンの背中を見つめたまま、女同士のやさしい関係を恨めしく思った。そして、やさしいシオンの気持ちを後ろ向きにさせた嫉妬深い僕には、シオンへの独占欲と亜美への敵対心しかなく、異性を初めて受け入れた女性への配慮に欠けていたことを、思い知ったのだ。そんな自分が、このままシオンの元に留まっていることなどできない。

静かにベッドから下りた僕は、脱ぎ散らかした衣服を掻き集め、身につけ始めた。

すると、背後から思いがけない一言が飛んできた。

「どこへ行くの?」

「……」

「ねぇ、どこへ行くのよ」

暗闇の中で不安そうに尋ねるシオンの声は、光を失いかけた僕の目を輝かせ、振り向いて抱きしめたい衝動に駆り立てた。けれど、そうすることができない意地が苛立ちを招き、歪んだ気持ちが刺のある言葉に変わった。

「聞いてどうするんだよ。別に、どこへ行こうが関係ないだろう。ただし、間違っても奥村亜美の所じゃない。あんな女、顔も見たくない」

そして、憎しみと哀しみが涙に変わり始めた時、部屋を飛び出した。

深夜、暗い路地裏を歩き始めた僕は、自販機で買った二本の缶ビールをジャンパーのポケットに入れ、戻りたい本音と戻れない意地の涙を流しながら、マンション近くの公園に辿り着いた。

冷たいベンチに座ると、視線は決まったようにマンションの方角に流れ、シオンの様子を想像してしまう。

あの後、亜美に電話をしただろうか？　あるいは、眠れないままベッドの中で、亜美と営む愛の行為を思い。

「ちくしょう！　なんで女の方がいいんだよ。女のどこが！」

勝手な想像に嫉妬心が油を注ぎ、やりきれない思いが怒りとなる。その怒りが、ポケットの中の缶ビールに触れた時、満身の力をこめて握り潰した。

恋人と帰る部屋を失った僕は、もう一本の缶ビールを一気に飲み干し、野宿覚悟でベンチに横たわった。

しばらくすると、体内にアルコールが広がり、思考能力が低下すると、震えるような寒さにも鈍感になった。なのに、なぜか涙が止まらない。

「同性愛か。……女と寝る方が、そんなにいいのか。……なんで。……なんで。……なんで。……」

理解に苦しむやるせない思いが呟きになり、切ない思いが大粒の涙となってあふれ出た。そして、少しずつ意識が遠のき、そのうち何も感じなくなった。

「秀明。……秀明」

夢の中で誰かに呼ばれ、ふと目を開けると、シオンが間近に迫っていた。

「……どうしたの？」

「迎えにきたのよ。こんな所で酔って寝たら風邪ひくじゃない。早く帰ろう?」

僕は、朦朧とした意識のまま身体を起こし、シオンの言葉を反芻した。

「帰るって、どこへ?」

「決まってるじゃない。あそこへ」

シオンは、公園の北側に位置するマンションの方角を指差し、僕の髪をグシャグシャとかき回した。

僕は内心ほっとし、嬉しかった。けれど、それを素直に表現することができず、酔いが醒めないふりをして、再び目を閉じた。

「あぁ、駄目よ寝ちゃ。秀明、ねぇ……もぅ、しょうがないわねぇ」

シオンは僕の身体を二、三度揺り動かし、諦めると、冷たい手で頬に触れ、暖かい柔らかな唇を重ねた。

「秀明。ごめんね。亜美とは終わったのよ。さっき電話で、はっきり断ったの。もう、亜美が何を言っても何をしても関係がない。だから、帰ってきて。お願い……」

そして僕の瞼に涙を落とした。

シオンの涙は熱かった。その熱さに驚き、目を開けると、腫れた両目から再び涙がこぼれ落ちた。

「部屋で、泣いてたの？」

頷き、俯き、僕を抱きしめたやさしいシオンの背中が小刻みに震え、僕の首筋が
シオンの涙で濡れて行く。

「本気にしていいの？」

シオンは無言で頷く。

「後悔しない？」

再び無言で頷く。

「じゃ、結婚してくれる？」

「……本気にしていいの？」

「うん」

「後悔しない？」

「うん」

「じゃ、愛してるって言って」

「……愛してるよ。これからも、ずっと愛してる」

「私も愛してる。秀明の言葉も信じる。だから、秀明も私を信じて」

「信じるよ。今も、これからも、ずっと信じるよ」

それ以上の気持ちは、言葉以外の見えない力が伝えてくれたような気がした。

数日後。

ベッドの中で、幸福の余韻が意識に上ってきた頃、玄関のチャイムの音で目が醒めた。

7時にセットしたはずの目覚まし時計は、無意識に伸びたシオンの手が解除したらしく、時刻は8時を過ぎていた。

「あら、大変。寝すごしちゃった」

「チャイムが鳴って、よかったね」

「ほんと」

安堵と焦りが入り混じった顔でそう言い、素肌をガウンで覆ったシオンは玄関へ急いだ。

それから、まもなく、下着を身に着けた僕の目の前に、奥村亜美が姿を現わした。

一瞬、信じられない光景を目にし、呆然とする間もなく、床に落としたバスタオルを拾い上げると、あわてて腰に巻き付けた。

亜美は、そんな僕を冷ややかな目で眺め回した後、乾いた声でこう言った。

「シオンのバージンを奪ったこの坊やに、今度は妊娠させられそうなの?」

次の瞬間、シオンの右手が亜美の頬を打った。

静かな部屋の中に、シオンの怒りが音となって響いた時、シオンは、悩まされ続けた悪夢から醒めたような顔で、亜美を見返した。

「それが私に対する答えなの？」

亜美は低く冷めた声でそう言うと、いきなりシオンの腕を引き寄せ、強引にその唇を奪った。

咄嗟に亜美の肩に手をかけ、恋敵からシオンを引き離した僕は、男を相手にするような態度で亜美の前に立ちはだかった。

「何するんだよ。他人の女に手を出すな！」

すると、恋人を略奪された男のような、敵意に充ちた鋭い視線が向かってきた。

「そんなみっともない姿で人前に立つなんて、どういう神経してるのよ」

「あんたこそ、他人の寝室に勝手に入ってきて、往生際の悪いみっともない真似するなよ」

亜美と僕が対峙する横で、沈黙していたシオンは僕に寄り添い、自らの意志を態度で示した。

「シオンの寝室を覗いて気が済んだろう。もう帰ってくれ」

「シオンの寝室？　笑わせないでよ。この間まで、シオンの寝室は私のベッドの中だったのよ。それを知ってて言ってるの？」

その時、わずかに動揺した僕の気配を敏感に察知した亜美は、勝ち誇るような顔で続けた。

「無理して男と結婚して、それで満足できるの？　この純情で正直な坊やの唇は騙せても、自分の本能は騙せないんじゃない？　今までもそうだったでしょう？　シオン」

すると、シオンは迷わず返した。

「秀明は、私が気づかなかった本能を理解しようとして真面目に向き合い、本気で愛してくれた初めての男の人だったの。そういう秀明のやさしさと思いやりに、今度は私が応えて行きたいの。だから、もう、女はいらない」

それは、僕を選び取ったシオンの、亜美に向けた厳しい訣別の言葉だった。

すると、気丈な亜美の顔色が、たちまち敗北者の色に染まり、毒気が抜けて行く様子は痛々しいまでに女性的だった。

「俺と出会うまで、シオンを大切にしてくれたことには感謝するよ。でも、もうその必要がなくなったから、悪いけど帰ってくれよ」

「……素人のメロドラマになんか興味ないわ。言われなくても帰るわよ。ただ、見えないものはここに捨てて行くけど、見えるものは全部あげるわ。あなたと、シオンの、結婚祝いに」

こぼれそうな涙をプライドで塞き止め、彼女らしい言葉で潔く身を引くと、素早く背を向け、静かに寝室を出て行った。

それから、まもなく、玄関のドアの開閉音と共に、亜美の存在が二人の前から消え去った時、僕の本能を刺激したバジルの匂いも、風に飛ばされ、消え去ったような気がした。

「これで、よかったのかな？」

「よかったのよ。全て、秀明のおかげね。ありがとう」

シオンは、雨上がりの菖蒲を思わせる婉然とした笑顔でそう言い、照れた僕をガウンで覆った。

「月桂冠が欲しいわね。勝利者の頭上に」

「俺の？」

「他にいないでしょう？」

「なんか、古代ギリシアの英雄みたいだな」

「だって、ギリシア色が似合うもの」

「ギリシア色って、どういう色？」

「黄金。黄金の月桂冠を被った背の高い黄金の肌の英雄」

「それさぁ、よく少女漫画に出てくる、ギリシア神話の英雄の姿じゃない？」

「誉めすぎ？」

「なんか、聞いてる方が恥ずかしくなるよな」

「秀明だって、夜になると平気で言うじゃない。私が恥ずかしがるようなことばっかり」

「夜？　……あぁ、それは……男と女の違いだよ」

年上のシオンに朝からそんなことを言われると、妙に照れ臭い。

僕は、シオンにからかわれる前に、そそくさとキッチンへ逃げ込み、冷蔵庫から取り出したコーラを飲みながら、シオンの色を考えてみた。

「バラ色、なんて平凡か。……真綿色、は何かの歌にあったな。……七色。虹色」

「一人で、なにブツブツ言ってるの？」

いつの間に忍び寄ってきたのか、背後から僕のコーラを奪い取ったシオンは、向かい側の椅子を移動させ、隣に座った。

「のんびりコーラなんか飲んでる暇ないだろう。早くしないと遅刻だぜ？　店長」

「いいのよ。若い女の子が二人入ったから、私の出番が少なくなったの」

「ふぅーん。でも、そのコーラ、最後の一本なんだけど」

「じゃ、全部いただくわ」

「あっ、なんだよ、のど乾いてたのに」

「冷えた蜂蜜レモンあるわよ？」

「そんなもの飲みたくないよ。……あ！　そうだ。蜂蜜色だよ。シオンの色」

「黄金に似てるわね」

「うん。それに、しっとり柔らかくて、甘くて、砂金のようにキラキラ輝く、恋人の色」

「ふっ。ねぇ、恥ずかしくないの？　そんなロマンチックな表現で誉めあげて」

「うん。ちょっと恥ずかしい」

「ふふふ。……ねぇ秀明、ギリシア色と蜂蜜色を重ねると、どんなふうになる？」

「ギリシア色と蜂蜜色？　……」

その答えを考えはじめた時、蜂蜜色の恋人に抱き寄せられた。

「こうすると、喜びが二倍になって、重なると溶けて甘くなる、そういう関係よ」

「ふっ。シオンは、文学部出身？」

「そうよ。英文科卒だけど。どうして？」

「愛の詩人に抱かれてるみたいだから」

「だって、愛を抱いてるんだもの」

「……愛って、あったかいよね」

「だから、のどが乾くのよ」

「なるほど。それじゃ、後で蜂蜜レモン一緒に飲もうか」

「後って？」

「今から二時間後」

すると、シオンは不思議そうに僕の顔を覗き込み、その理由を尋ねた。

「どうして二時間後なの？」

「だって、いつものどが乾くのは、二時間後だろ？」

その意味が分かった途端、シオンは恥ずかしそうに顔を背け、何も言わず、僕を抱きしめた。

normal

先頃、友人に連れられ、いわゆるニューハーフと呼ばれるホステルが相手をつとめるバーへ飲みに行ったのだが、そこで、彼等の美とエンターティナーぶりも然ることながら、行き届いたサービスに徹する姿を目の当りにし、内心驚きつつ、感動した。

素性はともかく、女性的なやさしさの中に見え隠れする男気に、私は感動したのだ。

彼等が持つ誰にも真似のできない鋼のような芯の強さが、差別や偏見の目を逆手に取れるほどの強さを育てたのかもしれない。そう思うと、親が子供に「立派な大人になれ」と言う時の「立派さ」とは、肩書きだけのような気がしてならない。ともかく、あのバーで、私の差別と偏見の意識は希薄になり、立派な大人のモデルを見たような気がしたのである。

匿名　男性　52歳

「大変感動的だったわりには、匿名なんだよな、こういう野郎って。今頃、自分の投書読みながら、得意満面で頷きまくってるぜ、きっと」

「いいじゃない。彼なりに暖かい理解の目で、見て感じたことを新聞に投書したまでのことでしょう？」

元来、美男の兼比良《かねひら》は、薔薇色のマニキュアを塗り、美貌の女に変貌して行く。その艶麗優美な姿は、映画『Mバタフライ』のジョン・ローンなど比較にならない。仕種、表情、言葉づかいに至るすべてが、見事なまでに女性そのもので、違和感など微塵もないのだ。

「豪ちゃん。悪いけど、窓開けてくれる？」

「いいよ。……あ、そうか。マニキュアが早く乾くように？」

「そう。それと、豪ちゃんの怒りを外に逃がすため」

「兼比良が相手じゃ、喧嘩にならないよな」

「私の方が力があるから？」

「ばーか。その手で俺を殴ったら、綺麗な爪が折れるだろ？」

僕は兼比良と同居をはじめてから、女の子の微妙な心理が分かるようになり、下着の種類や化粧品、生理用品に及ぶ知識までも広がった。

そして兼比良は、ピンセットを使って煙草を喫い、マニキュアが乾くまで、ピチカート・ファイブの『モナムール東京』を聴く。

「豪ちゃん。今夜フランス料理食べようか？　バイト代が入ったの」

「うん、いいよ」

フランスが好きな兼比良は、通訳を目指す外語大の学生で、通訳のアシスタントと称するアルバイトをしている。そのアルバイト代が入ると、ご馳走をしてくれるのだ。

「兼比良」

「ん？　なに？」

「女に生まれてきたかったたって思う？」

「まあね。でも、こういう生き方も悪くないから、在りのままの姿で、知恵と勇気を磨くのよ」

「たとえば？」

「性転換をしても、染色体まで変えることはできないでしょう？　可能な事と不可能な事を選別して、可能な事を可能な限り選択し続けて行くこと」

「ふぅーん。俺、そんなこと考えたこともないけど、同じ二十歳の学生なのに、どうしてそういうこと考えられるわけ？」

「人の数だけ生き方と選択肢があるのよ。豪ちゃんと私が違うのは当然よ」

「まぁ、それはそうだけど」

「それに、都合が悪くなると、男だから女だからなんてね。そういう言い訳はしたくないの。それだけ」

僕は何も言えなかった。ただ、兼比良が好きなピチカート・ファイブの『モナムール東京』が、頭の中でリピートしていた。

——やっぱりあなたは
移り気な男の人なのね
あんなに私のことだけを
好きだと信じてた
あの夏の日あなたと

あつい陽射しの中で
くちづけして
そのあと抱かれたのは
ただの遊びなのモナムール――

「どうしたの？　深刻な顔して」

アイシャドーを塗り終えた兼比良が話しかける。けれど、僕は兼比良を見ない。男だと分かっていても、その妖艶な美貌、仕種、表情を見ると、本来の性別を疑いたくなるからだ。

「兼比良は、どういう男が好きなんだ？」

「豪みたいな男」

「えっ！」

「……そんなに恐がらなくても大丈夫よ。安心して。襲ったりしないから」

「冗談じゃなくてさ、本当に」

「だから、豪みたいな男。でも、どうしてそんなこと訊くの？」

「兼比良のような信念を持つ芯のある男は、どういう男に惚れるのかなと思ってさ」

「やんちゃで、正義感が強く正直で、心根がやさしい男。外見や言葉なんて、いくらでも取り繕うことができるでしょう？　でも、持って生まれた資質や心根は、取り繕っても見破られるものよ」

そして、両耳にピアスを着けた。

「でも、二十歳で兼比良のような考えを持って生きてる女の子、そうはいないよな。高倉健と岩下志麻をミックスした超女性って感じだもん」

「それじゃ、極道の女みたいじゃない。まぁ、他人から見たら性癖はヤクザだけど、でも他人に迷惑をかけるようなことはしてないわよ。豪ちゃんて、時々意地悪なクソガキになるのよね」

そこで兼比良は意地になったらしく、ＬＡＲＫをバカスカ喫いながら、ベッドに座って組んでいた足を、貧乏ゆすりし始めた。

「あーあ、おっかしい。へそ曲げた一色紗英みたいな顔してるよ。でも、怒った顔も、かわいいな」

「フン！　バカ豪」

こういう時、兼比良が女の子なら、すっと抱き寄せてキスをしてあげられるのに。

（本当に女だったらよかったのにな。……）

そう思うと、兼比良に欠けたXの染色体を、探し出してやりたくなる。

言葉以外の行為で、情愛を求め合うことがままならない時、「耐えるのよ」と兼比良は言う。そして、男は愛欲が強い分、忍耐力が弱いのだと。

「兼比良、牛乳飲むか？　苛々してる時は、牛乳を飲むと落ち着くらしいぞ」

「誰が苛々させたのよ。私は歯も生えない赤ん坊じゃないんだけど」

「ぷにょぷにょした赤ん坊なら、俺のおっぱいで騙せるのにな」

「そんな小豆みたいなおっぱいで、騙せる赤ん坊がいたら連れてきてよ。顔が見たいわ」

いつになく意地になった兼比良を無視して、冷蔵庫から取り出した冷たい牛乳をグラスに注ぎ、兼比良の前に差し出した。

「通常の市販牛乳と比較して、低カロリー、高たんぱく、カルシウム二倍という優れ物。飲め飲め、遠慮するな」

「これ私が買った牛乳じゃない。誰が遠慮するのよ」

まいったな。まるで生理前の女みたいだ。

「赤ん坊にはミルク、大人には愛よ」

「ふん。へたくそな粉ミルクのキャッチコピーみたいだな」

「女の子に、へたくそって言われてフラれた男と同じ位でしょう？」

「なんだよそれ。そんなこと当てつけで言うなよ。ひとが傷つくようなことを平気で言う女なんか、俺は大嫌いだ！」

「……女？」

あっ！　違った。……ま、いいや。今さら訂正するのもしゃくにさわる。

「豪ちゃん、ごめんね。いつも気遣ってくれているのを知っていながら、つまらないことで意地になって」

「気なんか使ってねぇよ。誰がお前なんかに、ふざけんな！」

相手が兼比良でなかったら、胸倉つかんでとことん言い返し、気を晴らしていたに違いない。なのに、それができないのは、兼比良が間違えて男の身体を持って生まれてきた、女だと信じたかったからだ。

「タバコ買ってくる」

無言で出て行くほどの険悪さはなかったが、部屋を出た後、女の子と言い争ったような後味の悪さが残った。

駅ビルの電光掲示板に、時報が表示された。

「六時か……」

アパートを出た後、日曜日の街中を目的もなく彷徨い、波のように揺れ動く緩慢な人の群れに揉まれ疲れた末、足を向けた所が駅ビルだった。

六階でエレベーターを降りると、迷わずCD売り場へ向かった。聴きたい歌が一つ浮かんだからだ。

――『リラックス』

「フランキー・ゴーズ・トゥ・ハリウッド。……あった！」

「豪ちゃん」

探し当てたCDに手を伸ばしかけた時、ふいに名前を呼ばれた。

「やっぱり、佐藤豪だ。久しぶり」

「あーっ！　津久井なな。なんだお前、何やってんの」

「隣の可愛い女の子が、まさか高校のクラスメイトだったとは思わなかった？」

「いつからいたの」

「豪ちゃんが来る前から、ずっと。気がつくかなと思って見てたんだけど、全然気がつきそうになかったから、仕方なく声をかけてあげたの」

「フン。少し綺麗になったな」

「豪ちゃんに言われると、お世辞でもうれしいな」

「お世辞言うほど気の利いた男じゃないよ」

「ふっ。相変わらず正直なツッパリ野郎だね」

気心が知れた女の子との再会に気を良くし、さきほどまで燻っていた気分が嘘のように雲散霧消して行く。

「誰かと一緒？」

「一人。家出してきたから」

「ふぅーん。で、行く宛あるの？」

「まだ決めてないけど」

「じゃ、今夜泊めてあげる」

些細なことに拘わらないななの性格から出た一言に驚き、思わず訊き返した。

「本気かよ」

「家出してきたのが本当ならね」

「本当だよ。いや正確には、アパートから出てきたんだけど。ほら、よくあるだろう。隣人との揉め事に苦悩して、引越しする人の話」

「ヤクザでも住んでるの？」

「ヤクザじゃないけど。あ、でもやっぱりいいや。大丈夫。気にしないで」

「野宿でもする気？」

「これから考えるよ」

「だったら、今夜だけうちに泊まって、それから考えれば？」

ななは、同級生の誼みからそう言って誘ってくれたようだが、恋人でもない僕は戸惑った。

「津久井って、白雪姫みたいだな」

「綺麗で親切だから？」

「違うよ。警戒心が無さすぎる所と、他人を疑わない所だよ。それじゃ簡単に騙されるぞ」

「騙されてもいい人にしか騙されないもん。それに、警戒しても騙される時は騙されるじゃない」

「まぁ、それはそうだけど。でも、もう少し警戒した方がいいよ。特に男には」

「うん、分かった。でも、豪ちゃんが他人を騙せるとは思ってないから、念のため」

「人を見る目はあるな」

「ははははは」

ななの開放的な雰囲気と柔軟な個性が、窮屈だった僕の心をどんどん解放してくれる。

「やっぱり、女の子って、いいな」

「ふっ。どうしたの、しみじみしちゃって」

「やんわり、ふんわり、ぷにょぷにょって感じで、丸くてあったかくて」

「それ、赤ちゃんじゃない？　私、高校の時より六キロ痩せたんだから。スリムになったでしょう」

「そうか」

「そうかって、もういい。帰る。ちゃんと後ついてきて」

「近いの？　家」

「遠い」

津久井ななの遠近感は、半径一キロを基準にしたものらしかった。なにせ、駅前からバスに乗り、六つ目の停留所で下車した目の前が、ななの住まいだったのだから。

「狭いでしょう」

「一人暮しの学生なんだから、ちょうどいいよ」

〈ノワ〉という洒落た名前の1DKマンションは、センスの良いななならしく、シンプルにまとめた部屋に、深みのある甘い香りが漂っている。

「豪ちゃん、お酒飲む？」

「津久井が飲むんだったら」

「じゃ飲もう」

「お前さぁ、なんでそう軽くなれるの」

「あんまり考えないから」

「ありのままの答えだな」

男同士の会話から、女の子相手の会話に慣れるのに時間はかからないが、どうも調子が狂ってしまう。

「カレーパンとビールと漬物でいいよね？　豪ちゃんが好きな物ばっかり」

「津久井って、結構大ざっぱなんだな」

「合理的なの。カレーパン二個しかないから、缶ビール三本ずつ飲めば、お腹一杯になるでしょう？」

その、あまりにも合理的な判断は、僕が高校時代に思い描いた津久井なのイメージを、ものの見事に壊した。

「あのさぁ、マニキュア塗ってる時に、窓を開けてほしかったら、どんなふうに頼む？」

「豪ちゃん、窓開けて」

「なんだ、そのままズバリか。それじゃ、どういう女になりたいと思ってる？　信念とか、夢とか生き方とか」

「とりあえず大学卒業して、早く結婚したい」

障害がなければは、深く考えることもなく答えられる。

「じゃ、男に生まれてきたかった、なんて思ったことある？」

「ない。ねぇ、それ何かのアンケート？」

「いや、違うけど。久しぶりに会ったから、ちょっと訊いただけだよ」

兼比良と、ななの生き方が違うのは当然なのに、二人を比較してどうしようと思ったのか、自分でもよく分からなかった。

そして、ビールを飲みながら、女性の本能、習性を考察するような好奇心から、僕の視線は、ななの横顔から離れられなくなった。

「なに見てるの？　いやらしい目してる」

「違うよ。女の子って、いいなと思って見てただけだよ」

「さっきも言ってたよね。豪ちゃん、欲求不満なの？」

「……まぁ、ある意味では、そうかな」

「ふっ。おっかしい。なんでそんなに正直なの？」

「あっ、そうだ。おかしいついでにお願いがあるんだ。真面目な頼みだから、真剣に聞いてくれ」

そして姿勢を正し、ななの目を真っ直ぐに見た。

「プロポーズ？」

「茶化すなよ。俺は真剣なんだ」

「分かった。真面目に聞く」

とは言っても、ななの表情に真面目さなど微塵もなかった。もう、やけくそだ！

「一回でいいから、お前を抱かせてくれ」

「えっ？」

「あ、抱くって、そういう意味じゃなくて、そのままで、抱きしめるだけだよ。ああ、なんだったら窓開けといてもいいいし、外でもいい」

なんとか真意を理解してもらおうと、慌てふためく僕を不思議そうな顔で眺めていたななは、のんびりとした声で言った。

「豪ちゃん、童貞なの？」

「はぁ？」

「大真面目でお願いしたいことって、そんなこと？」

「そんなことって言うけど、女の子にとっては、簡単に同意できることじゃないだろう」

「そう思うくらいなら、泊めたりしないよ？」

ななは、臆面もなくあっさりと言ってのけた。けれど、どこまで本気なのか……。

「ねぇ、高校の卒業式の日、キスしたこと憶えてる？」

「うん。憶えてるよ」

「私のこと、好きだったの？」

「うん。好きだったよ」

「今は？」

「……同じ、かな」

「ふぅーん」

ななは、軽く受け流す。

「ななは？」

「何が？」

「だから、好きだった？　俺のこと」

「あんまり好きじゃなかった」

「うそ！」

「ふふ。本当は大好きだった。でも、期待したことが何もなかったから、豪ちゃんの気紛れかなと思って」

「期待、してたの？」

ななは、照れ臭そうに頷いた。

「俺も同じだった」

「えっ、本当？」

「うん」

「なぁーんだ。二人とも同じ思いだったんだね？」

二年前の誤解が解けた瞬間、ななは、あどけない笑顔を見せ、言った。

「ねぇ、あの日の続き、もう一回やり直さない？」

綺麗な花に何故はない。ただ、咲くから咲く。

蜜蜂は、甘い蜜を求め、綺麗な花に留まる。

綺麗な花は、いよいよ美しく咲き誇り、微笑みながら太陽に向かう。

ななは、綺麗な花になり、蜜蜂の僕を誘い出す。

まもなく、触れてみたかった柔らかな感触が胸の中に滑り込み、耳元で、こう囁いた。

「高校卒業の二年後は、キスの続きからよ」

兼比良は桔梗。ななは夾竹桃。青い花、赤い花。秋の花、夏の花。それぞれの香。それぞれの美徳。ともに嵐に散り、渇きに愁える、美しい花。

「あってもいいけど、ないと気になるものって、なんだ？」

「なぞなぞ？」

「違うよ。そう思うものだよ」

「……月のもの」

「あぁ……。」

「妊娠したかどうか、気になる？」

ななは、無邪気な笑顔で僕の顔を覗き込む。

いつもなら、ほっとさせてくれる顔が、今朝は何故か軽薄な女の顔に見える。

「帰りたくなったの？」

ななの部屋に転がり込んで十日目。心の中に小波が立ち始めた。

「俺、ちょっと帰ってみる。留守電にメッセージ入ってるかもしれないし」

「携帯ないの？」

「うん」

「ねぇ、私も行っていい？」

「えっ？　あぁ、でも散らかってるから、外で待っててくれればいいけど」

「うん、分かった」

確か土曜日は、朝からバイト先へ向かう兼比良は留守のはずだった。部屋さえ見られなければ、面倒なことにはならない。

けれど、そこまで兼比良との同居を隠す必要があるのだろうか。別に、兼比良に特別な思いを抱いているわけではないし、浮気をしているわけでもない。むしろ、今の僕は、ななとの関係を続けていた方が楽しいし、当たり前の倫理観で、バランスのとれた生活が保証される。なのに、兼比良の存在を明らかにできないのは、なにではなく、兼比良に余計な気を使わせたくないからだ。

あってもいいけど、ないと気になるものは、兼比良の存在なのだ。

市役所前のバス停からアパートまでの距離は、ななの感覚では遠いことになる。

その証拠に、下車した途端、ななは立ち止まって言った。

「ねぇ、市役所の裏側なんでしょう？　歩いて行くの？」

「当たり前だよ。ゆっくり歩いても十分ぐらいだぜ？」

「私、そこのコンビニで待ってる。豪ちゃん一人で行ってきて」

言うと思った。でも、好都合だった。

僕は、ななががコンビニエンス・ストアに入ったのを確認すると、走り出した。

アパート前の駐車場で一息吐き、二階の部屋に目を向けると、やはり兼比良は留守らしく、二部屋の窓がブラインドで閉ざされていた。

２０５号室のドアを開けると、光を遮った薄暗い部屋に、慣れ親しんだ匂いが染み込んでいる。その匂いが、兼比良不在の密室で静止しているような気がした。

二部屋の奥に当たる兼比良の部屋の前に立ち、わずかに開いたドアの隙間から中を覗くと、アマゾンの香りが漂ってきた。

ななの部屋は、プワゾンの香り。兼比良の部屋は、アマゾンの香り。どちらも甘い女の匂い。

けれど、存在がなく、残り香だけの部屋に佇むと、ひどく切ない気持ちが芽生えてくる。

さらに部屋の隅々まで見渡すと、几帳面な兼比良らしく、ベッドの上に洗濯物が綺麗に畳んで重ねてあり、テーブルの上には、メイプル・ソープの写真集、LARKが一箱、のど飴、金の指輪、ピチカート・ファイブのシングルCD『モナムール東京』と、僕が欲しかったフランキー・ゴーズ・トゥ・ハリウッドのアルバムCDが広がっていた。

「フランキー・ゴーズ・トゥ・ハリウッド。なんで兼比良が持ってるんだ？　もしかして俺のために？　あの時、買えなくて良かったかな。ま、いいや。また来る」

兼比良の部屋にそう言い残し、必要な物をかき集めた後、部屋を出た。

コンビニエンス・ストアの外から、雑誌コーナーのガラスをノックした。ななは、手にしていた雑誌から顔を上げ、僕を確認すると、呑気な顔で出てきた。

「真剣な顔で、なに見てたんだ？」

「世界のレストラン」

「ふぅーん。で、行ってみたい所あった？」

「うん。あった」

「どこ？」

「セントラルビルの七階」

「なんだそれ?」

「セレッソっていう名前で、オープンしたイタリア料理のお店があるんだって。豪ちゃん、今から行かない? お腹すいちゃった」

「なんだ。世界のレストランて、世界の料理を出す店のことか」

するとななは相槌も打たず、横断歩道の向こう側を食い入るように見つめている。

「どうしたんだよ。赤信号がトマトにでも見えるのか?」

「ねぇ、豪ちゃん。向こう側に立ってる背の高い女の人、スーパーモデルみたい」

男にしか興味を示さないななが、そこまで言うからには、グレイス・ジョーンズのような女性かと、視線の先に多大な期待をかけた。

「分かった? あのタイト穿いてる人」

「……」

「あっ、青になった。すれ違う時に、よく見ようよ」

ななは、世界のトップモデルを見るような好奇心で、腕を引っ張る。

「手、放せよ。興味ないよ」

抑揚を欠いた静かな否定を示す僕に、ななは意外そうな顔で「ふぅーん」と返す。目の遣り場に困った僕は、視線を足下に落とした。けれど、心の目はセンサーのように、まもなくすれ違う人物に向かって正確に伸びている。

ななは、そんな僕を一瞥し、そっと手を握りしめた。その反動で、ふと顔を上げた瞬間、兼比良と僕の視線が絡み合った。

――動揺のない、悪意のない、何も訴えない、やさしい女のような、兼比良の目。

「すっごく背が高いの。豪ちゃんと同じぐらい。でも、ヒールの分、豪ちゃんの方が低く見えたけど」

ななは幾分興奮し、素直な感想を伝える。

「スーパーモデルの卵の黄身ぐらいなんじゃないの?」

「ハハハハハ」

ななの笑いを誘ったところで、兼比良の話題を打ち切りたかった。

ところが、レストランに腰を落ち着かせ、注文を済ませると、ななは再び先ほどの一件を持ち出した。

「ねぇ、さっきの女の人、豪ちゃんのこと見てたけど、知ってる人?」

「あのバス停で、たまに見かけるだけだよ」

「ふぅーん。でも、あれだけ完璧な女の人って、珍しいよね」

「そんなに誉め上げるほど、綺麗だと思うのか」

「うん、思う。でも、なんとなく淋しそうな感じがしたけど」

「淋しそう？　なんで」

「分かんないけど、なんとなく、そういう感じがしたの」

何も知らない女の目から見ても、兼比良の容姿が際立っていたことは確からしい。けれど、初対面のななが感じ取った淋しそうな兼比良のことが、気になって仕方がない。

「豪ちゃんの荷物、それで全部？」

「……んん？」

「なにボーっとしてるの？　本当は、あの女の人のこと気になるんでしょう」

「なに言ってんだよ。女って、すぐに勘ぐるから嫌なんだよ」

すると、ななは、さり気なく視線を反らし、しなやかな仕種でバッグから煙草を取り出した。

ななの良さは、感情を露骨に表わさない、そういう所にあるのだが、無意識に兼比良とななを比較している自分は、中途半端で無責任な男のように思えた。

「あっ、来た」

テーブルに近づくウエイターに気づき微笑んだななは、テーブルに置かれた料理を見て「うわー、おいしそう」と素直に感激する。

「豪ちゃん、おいしそうだね？」

「ななは食べる時と寝る時が、一番うれしそうな顔するな」

「どうしてそういう言い方するのォ？」

笑いながら呑気そうに言い返すななを見ると、苛立った腹の虫がおとなしくなる。

「なな。今夜、仲良くしような？」

すると、口の中がパスタで一杯のななは、返事の代わりにＯＫ！　のウインクを返した。


毎日、きちんと大学へ通い、夕方からアルバイトに勤しみ、夜はななと愛し合う。

それが当たり前の日常となり、まもなく訪れる夏休みを前に、嫌な夢を見た。

——兼比良が死ぬ。——

「まさか！」

アパートを出て一ヶ月が経過していた。カレンダー一枚分の不在にするか、それとも、きっぱりけじめをつけるか。その選択を迫られたような気がした。

「豪ちゃん。起きた？」

寝返りを打って、まつわり付いたななが眠そうな目で僕を見る。

「目覚めさせてやろうか？」

「ふっ」

気乗りしない表情で、ななは、そっと顔を背けた。

「豪ちゃん、私の他に好きな人いるでしょう」

「……どうしたんだよ、急に」

「だって、淋しそうな顔してるもん。この前の女の人みたい」

その一言で、兼比良の顔が蘇り、胸の奥に痛みが走った。

「何かあったの？」

「何もないよ。ただ、後味の悪い思いをさせた友達のことが、少し気になるだけだよ」

「女の人？」

「男。同級生だよ。そいつが死んだ夢なんか見たから、なんとなく」

「うそ」

「だったら、そう思っていいよ。どうせ、これからのこと、きちんと決めようと思ってたとこだし」

ななが気懸かりな問題の一端に触れたことで、かえって兼比良に会いに行く決心がついた。

「今日は、バイト先から友達の所へ行くから、遅くなると思うよ」

「……でも、帰って来てね？」

遠慮がちに甘えるななの声音には、匂うような淋しさが漂っていた。

けれど、たぶん帰っては来ないだろう。

午後十時。

アルバイト先のレストランを出た後、気忙しくバスに乗り込んだ。

諸々の理由で乗り合わせた乗客で膨らんだ車内は鬱陶しく、その鬱陶しさに二十分ほど耐え抜いた後、市役所前で下車した。

そして、横断歩道を渡り始めた時、兼比良の存在が迫ってきた。以前、この横断歩道ですれ違った時に見た、あの顔となって。

「兼比良、居るよな」

居てほしいような、居てほしくないような。二つに分かれた心情が、歩みを緩慢にし、心に重みを加えて行く。

そして、アパートまで通常五分の所を十五分かけて歩き、駐車場から部屋の明かりを確認すると、深いため息が出た。

「居るな。……ま、いいや。出るに任せよう」

冷静に考えれば大したことではない。

僕は、階段を上りながら記憶を逆行させ、一ヶ月前と同じ顔でドアの前に立ち、チャイムを鳴らした。

まもなく、ドアが開き、穏やかな表情で目を合わせた兼比良は「入って」と、いつものように迎え入れる。

僕は内心、ほっとした。

「ごはん、食べてきたの？」

スニーカーを脱いだ僕が首を振ると、「豪ちゃんの分用意してあるから、足りなかったら言ってね」と付け加えた。

「俺の分、あるの？」

「いつものことじゃない」

僕を気遣い、一ヶ月の空白を忘れさせるような兼比良のやさしい言葉が胸に染み入る。

「悪かったな。黙って出て行ったきり、連絡もしないで、のこのこ現れて」

食事の用意をする兼比良の背中に、正直な気持ちを向ける。

すると、

「あなたに逢いたいっていうテレビの番組で、探してもらおうかなと思ったけど、番組が終了してたのを思い出して、やめたの」

兼比良の可愛い冗談が返ってくる。

「ふん。……なぁ、俺に何か言いたいことあるだろう。言えよ」

「……豪ちゃん、携帯電話、買う気ない？　あると便利よ」

兼比良は、僕の心に負担をかけまいと、どこまでも軽い話題で返してくる。

「うん。考えとく」

「それから、今夜のメニューは、イカのフライと、だいこんサラダと、明太子と、たけのこのお煮染めと、ワカメのお味噌汁だけど。気に入った？」

「わっ、最高。俺が好きなものばっかり」

感激する僕に笑顔で応え、テーブルにメニューの品を広げて行く。

「いつも、俺の分まで作ってたの？」

「だって豪ちゃん、お腹すかして帰ってくると、大騒ぎするでしょう？」

「なんか、姉ちゃんみたいなこと言うな」

同居とはいえ、お互いの個性から自然に出来上がった役割に抵抗なく従える。不即不離。それが、僕と兼比良の関係なのかもしれない。

そして食後、コーヒーを飲みはじめた僕に、兼比良はさりげなく問いかけた。

「豪ちゃん、これからどうするの？」

「……兼比良は、どうしたい？」

「豪ちゃんが何を考えてるのか分からないから、何も言ってあげられない。でも、自分のことは自分で決めるものよ。私の意見は私のものでしかないもの」

兼比良は、常にきちんとした考えを持って、その通りに生きている。その、自己実現に徹する精神力の強さは、未熟な僕などには到底真似のできない次元の高さを感じさせる。

「銀色夏生の詩集に、〈愛さなかったから愛されなかったのだ。最後のところで自分を守ってしまったから、最後のところで手を離されたのだ。〉そういう詩があって、俺はそういう奴だなって思ったんだ」

「みんなそうよ」

その意外な一言に驚いた。

「誰だって、自分の都合で動くのよ。だから、勉強して恋愛をして事件が起きて平和を求めて。生まれてから死ぬまで、自分を満足させるために一生懸命なのよ。ただ、日頃そういうことを、あまり意識しないから、詩が生きてくるんだと思うけど」

その時、兼比良と自分に、太陽と月ほどの違いを見たような気がした。

一人の人格と個性の中にも、太陽と月の要素はあるけれど、誰かと誰かを比較した時、どちらか一人が太陽か月だけの要素を持つ人に見えてしまう。たとえば、ななは太陽、兼比良は月。そして僕は、二人の周りを運行する衛星ほどの存在でしかないような気がしたのだ。

「俺、好きな女の子がいるけど、兼比良も好きだから、兼比良に迷惑がられるまで、ここに居たいんだ。そのうち、女の子も紹介するよ」

「津久井さん？」

「えっ？　なんで知ってるの」

「この前、すれ違ったでしょう？　高校の同級生だった、津久井ななさん。分かるわよ」

「あぁ、そうか。……あ、そういえば、兼比良のこと、すごく誉めてたよ。スーパーモデルみたいだって。釘付けになってたな」

その時、ふと「淋しそうな感じがする」と言った、ななの言葉が気になった。

「兼比良。付き合ってる人、いる？」

「どうして？」

「俺のくだらない話なんか聞かされて、迷惑かなと思って」

「別に。気を使って悩む姿は見たくないけど」

「じゃ、俺がこのまま同居しても、迷惑にならない？」

兼比良は苦笑し、頷いた。

「じゃ、握手」

そして手を差し出す兼比良の仕種は、僕が知っているどの女性よりも女性的で、どんな女性よりも綺麗な手をしていた。

「お前、途中から女になったんじゃないの？　実は」

「ふふふ。調べてみる？」

「今度な。……いや、熟睡してる時に、こっそり調べるよ」

性同一性障害という障害者意識が希薄な兼比良を見ていると、持って生まれた性別が、便宜上の区別でしかないように思えてくる。

そんな兼比良は、百七十八センチの長身を、イタリア製のブランド品で着飾り、アマゾンの香りを漂わす。

「どこ行くんだ？　そんなお洒落して」

「エステ」

「あぁ。それで、美貌のスーパーモデルになってくるわけだ」

「そのエステじゃなくて、エステートホテルよ。今日から三日間、国際交流のイベントがあるの。そのお手伝い。だけど、三日で五万円よ。いい話でしょう」

「何がいい話なんだよ。どさくさに紛れて部屋の鍵なんか渡されたら、今夜帰って来られなくなるぞ」

「豪ちゃん、心配してくれるの？」

「当たり前だよ。スーパーモデル並みのスタイルで、二十歳だなんて言ったら、何されるか分かるか」

「どうせ何もできないでしょぅ？」

「ばか言え。あ、そうだ。俺、一緒について行ってやろうか？」

兼比良は、そんな僕を呆れたような顔で眺め、吐息をつく。

「なんだよ」

「なんでもない」

「言ってみろよ」

「豪ちゃん、一人娘を溺愛するお父さんみたいよ」

「お父さん？　なんだ、親父か。少し残念だな」

「だって、恋人なら断固阻止するか、絶対ついて行きそうなタイプじゃない。じゃ、行ってきます」

そして兼比良は、イタリアの蝶蝶のような姿で、ヒラヒラと舞うように出て行ってしまった。

その後、ふと、あの綺麗な蝶蝶が羽根を休めるのは、どんな男の腕の中なのだろうか、と思った。


午後四時。

ななと待ち合わせた公園で、短時間のデート気分に浸った後、次第に気が重くなってきた。

ななは相変わらず可愛いが、その可愛い顔が、たった一言で、どんな表情に変わるかと思うと、なかなか言い出せない。

「豪ちゃん。今夜うちに来ない？　もうすぐ夏休みだし、どこか行こうよ。ね？」

ななは、おねだりする可愛い女の子の習性を、資質として持っている得な女だ。

そういう女に弱い男は馬鹿だと思っていたが、僕も馬鹿な男の一人だったことに気づいたのは、ななと付き合いはじめてからのこと。

「そうしたいのは山々なんだけど、今日は都合が悪いんだ。新しいバイトの面接があって」

「レストラン、辞めたの？」

「いや、三日間だけのバイト。しかも夜」

「どういう仕事？」

「警備関係」

「ふぅーん。じゃ、今度の休みの日なら来られる？」

「たぶん」

と、尤もらしい嘘で納得させたが、問題はこれからだ。

「豪ちゃん。今度の休みの日、水着買いに行きたいな。ねぇ、付き合って？」

「水着？　あぁ、いいよ。……あのさぁ、ニューハーフって、どう思う？」

「……女の人よりも綺麗」

「それだけ？」

「なんで急にそんなこと訊くの？　豪ちゃん、なりたいの？」

ななは、退屈そうな顔で、興味のない話題を退け、煙草に手を伸ばす。

「なりたくはないけど、一緒に住んでるんだよ」

すると、ななの動きが一瞬静止し、スローモーションビデオのように、顔がこちらに向いてきた。

「去年の暮れに、前のアパートから引越そうと思って不動産屋へ行った時、偶然会ったんだよ。俺は分からなかったけど、久しぶり、なんて挨拶されて、名前を聞いたら高校の同級生だったんだ」

「誰？」

「瓜生兼比良」

「うりゅうかねひら？　あぁ、生徒会副会長だった、あの瓜生君？」

「そう」

「それで？」

同居人が兼比良だと分かった途端、ななの異性に向ける興味と、同性の美に対する好奇心が動きはじめた。

「まぁ、色々と話しているうちに意気投合して、どうせなら同居した方が安く上がるかなと思って」

「一緒に寝てるの？」

「まさか」

「何やってるの？　瓜生君」

「フランス語の通訳目指す、外語大の学生だよ」

「綺麗？」

「うん。女にしか見えないよ」

「誰かに似てる？」

「うーん……、強いて言えば、一色紗英」

「……あぁー、分かるような気がする。高校の時、モっくんに似てたもんね。本木雅弘が女装した感じでしょ?」

「一万倍ぐらい綺麗だよ」

するとななは急に寡黙になり、何か熟考しているような様子を見せた。

「どうしたの?」

「瓜生君、身長どれくらい?」

「百七十八」

「……もしかして、この間、市役所前の横断歩道ですれ違った、あの人?」

さすがに女の直感は鋭い。

「よく分かるな」

けれど、ななは自分がさんざん誉め上げただけに、今さら貶すこともできず、

「豪ちゃん、そのうち瓜生君のこと、好きになっちゃうね」

と、冗談めかしに可能性を突いた。

「なんで?」

「だって、瓜生君、高校の時から人気あったし、今は綺麗だし、頭もいいし、やさしいし。私も高校の時、豪ちゃんの次の次ぐらいに好きだったから」

「今は？」

「全部負けてるから、会うのも恥ずかしい」

「そんなことないよ。ななは可愛いし、やさしいし、男なら誰だって恋人にしたいと思う女の子だよ」

「ふふん。そう言ってくれると思ってた」

「なんだ」

とりあえず、兼比良の存在がななに抵抗なく受け入れられ、胸の閊えが下りた。けれど、頭の中では別の不安要因が錯綜し、気が気でない。

「なな、悪いけど、そろそろ面接の時間なんだ。だから」

「えっ、もう行くの？」

「面接、五時からなんだ」

「そう。分かった。じゃ、後で電話してね？」

「ＯＫ！」

また嘘だ。ななには何故か、嘘がつきやすい。

ＪＲ駅を背にした正面が、エステートホテルになる。

兼比良に時間を聞くのを忘れたが、おそらく五時には終わるだろう。せっかく来たのだから、見失っては元も子もない。

僕は、とりあえず駅前広場のベンチに座り、ホテルの入り口から目を離さず、煙草を喫いながら兼比良を待った。

しばらくすると、煙草の吸殻が二本、三本と灰皿の中に消え、ヘビースモーカーではない僕の待ち切れなさが、肺の中にスモッグとなって広がって行った。

そして、七本目の煙草に火を点けようとした時、ホテルから出てきた五、六人の外国人に溶け込む長身の女性に目を留めた僕は、見惚れてしまった。

「なんであそこまで綺麗かな」

思わず呟き、タクシー乗場へ向かう一行に歩み寄った。

「サリュ！」

「……あら、どうしたの？」

「用事があって」

「あ、ちょっと待ってね。お客様のお見送りしてくるから」

その後、駅前のタクシー乗場で、数人の外国人を見送った兼比良は、周囲の熱い視線に見送られながら戻ってきた。

「これからバイトでしょう？」

「あぁ。でも、今日は別のバイトが入ったから、レストランは休み」

「何のバイト？」

「ボディガード」

「ボディガード？　誰のガードするの？」

「マドモアゼル兼比良」

すると、兼比良は苦笑し、視線を宙に泳がせた。

「これから、何か用事あるのか」

「ううん、ないけど」

「じゃ、せっかく綺麗に決めてるんだし、どこか行く？」

「……いいわよ。それじゃ、ボディガードさん、お供していただけます？」

「光栄でございます。で、どちらへ？」

「フランス料理のレストランへ。近くなの。確か、マジョラムという名前の」

「なに？　今日はまずいよ。別な日にしよう」

「だって、せっかく近くまで来たんだし、一度行ってみたかったのよ。ね？」

兼比良は、映画『ボディガード』のヒロインよりも可愛いわがままで、僕を困らせてくれる。

「分かったよ。あーあ、欠勤の理由、変えなくちゃ」

滅多に欠勤することはなかったが、よりによって欠勤する日に、アルバイト先のレストランへ食事に行くというのも、変な話だった。

僕は、気が重くなった分、足取りも重く、歩いて十分ほどのレストランへ、二十分かけて兼比良を案内した。

〈マジョラム〉のドアを開けると、さっそくアルバイト仲間の宏光が迎えてくれた。

「いらっしゃいま、あ、豪。今日は休みだって聞いたけど。チーフに……」

そこで、兼比良が隣に並んだ途端、宏光の目が釘付けとなった。

「チーフになんだよ」

「サービスするように言っとく」

「気が利くな。紹介するよ。えっと……」

「こんにちは。ナオミです。佐藤がいつもお世話になってます。今日は、私が無理を言って連れてきてもらいました。お店の方々に、ご迷惑をおかけして、申し訳ございません。チーフに、よろしくお伝えください」

姉のような態度で、そつのない挨拶をする美貌の兼比良に見惚れていた宏光は、気を取り直して頷くと、奥のテーブルへ案内した。

「いつからナオミになったんだよ。宏光の奴、真っ赤な顔で、ポーッとなってたな」

「感じのいい人ね」

「サービス業だもん当たり前だよ。で、何にする？」

「プロヴァンスコースと、プイィフュイッセをボトルで」

「給料日前だから、もうちょっとランク落として」

「ボディガードの謝礼よ。でも、酔ったら部屋まで運んでね」

「それはいいけど……」

既に充分艶めく兼比良の酔った姿を想像したら、自分の理性に自信が持てなくなった。

そんな僕の心情を見透かしてか、兼比良はさりげなく話題を変えた。

「静かで落ち着いた、素敵なお店ね」

「流行らない店なだけだよ。ここ一週間、予約ゼロだぜ？　今日は俺たちが、唯一の客かもね」

「まだ分からないじゃない。……ところで、ななちゃん元気？」

「あぁ。元気で呑気だよ」

この時まで、ななの存在が意識から消えていた。仮に今ここで、ななに新しい恋人ができたと知っても、動揺はしないだろう。それより、むしろ兼比良に恋人がいると分かったら。

「俺、なんか変だな。まだ酔ってもいないのに」

「じゃ、ワイン、止す？」

ちょうどその時、テーブルに近づく宏光の気配を察した兼比良は、そんなことを言った。

「いや、そういうことじゃなくて……」

「ご注文は、お決まりでしょうか？」

「豪ちゃん、いいの？」

「うん。いいよ」

「それじゃ、プロヴァンスコースと、プイィフュイッセをボトルで」

「かしこまりました。では、ごゆっくりどうぞ」

宏光は、マニュアル通りの言葉に本音を重ね、兼比良に見惚れながら立ち去った。

そして僕も、宏光をからかえない心境に揺れながら、立ち去る宏光を見送った。

兼比良に勧められ、携帯電話を手に入れた翌日。

とりあえず、ななに報告しようと朝食前に連絡を入れた。ところが、出たのは留守電メッセージ。仕方なく、こちらもメッセージを入れ返した。

「さて。めし食って、学校へ行くか」

欠伸をしながら呟いた時、携帯電話が鳴った。

「もしもし」

「あ、豪ちゃん？」

「なんだ、今どこ？」

「私のお部屋。さっきね、シャワー浴びてたの。ごめんね。フフ、携帯買ったんだ」

「うん。それで、トイレに入ってたんだろう」

「えっ？　……勘がいいね。どうして分かったの？」

「女の子は、トイレに入ってた時、必ずシャワーを浴びてたって言い訳するもんだろう」

「まあね。でも、なかなか鋭いね、豪ちゃん」

「兼比良が言ってたんだよ」

「やっぱりね。でも、瓜生君と一緒に生活してたら、おんな心が分かるようになってきたんじゃない？」

「うん。あんまり分かりすぎて、だんだん女嫌いになってきたよ」

「ウソ！」

「ホント」

「ねぇ、まさか本気でホモになりつつあるんじゃないでしょう？」

「時間の問題かも」

「やだぁー。ねぇ、私のことも嫌いになりつつあるわけ？」

「どうかなぁ」

「ねぇ、ねぇ、どうなのぉ？」

その時、キャチホンの呼び出し音が鳴った。

「あ、キャッチだ。なな、また後で連絡するよ」

「ねぇ、ねぇ、今度会う時まで、ホモにならないでよ？」

「分かったよ。じゃね。……もしもし」

「ボンジュール、ムッシュ」

「……あんた誰」

「カネヒラ」

「……あ？」

「久しぶりに男になってみたの。驚いた？」

「なんだ。兼比良にラブコールする、フランス野郎かと思ったよ」

「ふっ。豪ちゃんの携帯番号知ってるフランス人、いるの？」

「あぁ、それもそうか」

「でも、あんた誰はよかったわね」

兼比良の声には癒しの効力があるのか、聞いていると、なぜか心が休まる。

「何やってんだ、今」

「キャンパスへ移動中」

「ふぅーん」

「それでね、言い忘れたけど、今夜遅くなりそうだから、早めに連絡したの」

「あ、そぅ。兼比良」

「なに？」

「俺さぁ……いや、とにかく、早く帰って来い。今夜は満月だから、不吉な予感がするんだ」

「ふっふふふ。そういう豪ちゃんこそ、狼に変身しそうな感じよ」

「うーん。かもねぇ」

「じゃ、なるべく遅く帰るから、熟睡しててね」

「なんでだよ」

「じゃあね」

「あぁ」

電話を切った後、高校の卒業式の日、ななとキスをした時と同じ照れ臭さを感じた。

その時、兼比良の部屋の窓ガラスが、強風の煽りを受け、カタンと音をたてた。

外を見ると、近くの公園を取り巻く木々が、緑色の龍のようにうねっている。

「青嵐だ！」

僕は、兼比良の部屋の窓ガラスを、ほんの少し開けてみた。とたんに、ヒューッと青嵐の勝ち誇ったような音と勢いが、突入してきた。

「ダメだ！　兼比良の部屋が目茶苦茶になる」

咄嗟に窓ガラスを素早く閉め、鍵をかけた。

そして、風の勢いで吹き飛ばされたテーブルの回りを片づけはじめた時、『仏和対訳シナリオ・シェルブールの雨傘』が目に留まった。

それを手に取り、ページを捲って行くと、兼比良から聞いた単語のいくつかが、和訳のセリフとなって、僕の興味を惹いた。

モナムール　私の愛しい人。
セ・タンボ　とても綺麗だ。
プアンポー　どっちでも結構よ。
マプティ　僕のかわいい人。
クテュエイム　その人のこと好きなのかい？

「かも知れないって、なんて読むのかな。サ・セ・プルファイ。じゃないよな。……今夜、兼比良に訊いてみよう」

そして、目の前のシングルCD、ピチカート・ファイブの『モナムール東京』を手に取った。

遠い記憶

「蘇我梁《そがりょう》……、センシブルな名前ね？　入荷次第ご連絡します」

書籍注文の控えを渡しながら、女性店員は言った。

快味覚える率直さ。理知的な笑顔。上質のベルベットを思わせる滑らかでスマートな物腰。

初対面でありながら、親近感を抱かせる芯の暖かそうな目が、僕を捕えて離さない。

「照れないの？　相手の顔を見つめる強さがあるのね。私、あなたに興味があるわ」

「どんな興味ですか」

「どこかで会ってるような気がするの。でも、思い出せないような、そんな感じがするのよ」

「じゃ、注文した本を受け取りに来る時までに、思い出しておいてください」

「運が良かったらね」

そこで会話を打ち切った彼女は、後ろに並んだ男性客に向かって「いらっしゃいませ」と微笑んだ。

僕は、カウンターを立ち去る間際、彼女の胸のネームタグを確認した。

〈帝たまき〉

ミカドと読むのだろうか。珍しい姓だ。ご先祖は神武か？　と茶化した反面、日本史での、帝と蘇我氏族との深い因縁を思い、妙趣好みの神に導かれたドラマのようなめぐり逢いを、ほんの少し信じたくなった。

留守電に書店からのメッセージが入ったのは、三日後のこと。

――もしもし、ビブロスの帝と申します、お世話になります。先日ご注文いただきました『ドリーム・パワー』ですが、すでに絶版しておりまして、出版社に確認したところ、再版の予定はありませんというお返事でした。申し訳ございません。またのご来店をお待ちしております。では失礼いたします。

「絶版？　なんだ」

欲しかった本が手に入らず、無念の思いは強かった。だが、メッセンジャーが例の店員だと分かると、書籍への執着心が薄らぎ、あの日受けた鮮明な印象が、たちまち脳裏に広がった。

「センシブルな名前って、どういう意味だろう。……本当に、どこかで会ったような気がしたのかな」

一人きりの夜は勘が冴える。けれど、何か物足りない気がする。そんな中で、日中聞こえた友人の声が闇に消えると、同年代の女の子には期待できない大人の魅力に溢れた美貌の女性が、意識を占領しはじめた。

帝たまき。

「二十五歳ぐらいかな。悪くないな」


翌日の夕刻。

図書館で借りた本を返却した帰り道、ビブロスに立ち寄った。

店内に足を踏み入れるとまず、カウンター付近を見渡したが彼女の姿はなく、隅々まで探索する意気込みで〈宗教・心理〉と表示されたコーナーへ向かった時、帝たまきを発見した。

とたんに気分が高揚し、足取りが軽くなった僕は、本の入れ替え作業中のたまきに気づかれぬよう静かに歩み寄り、背後から声をかけた。

「すみません、『イエスのミステリー』が欲しいんですが」

すると、それまでの柔軟な動きが完全に停止し、躯全体が強ばった。

「あ、ごめんなさい。仕事中に迷惑でした?」

「……あなた、だったの」

ゆっくりと振り返った彼女は、幻を見るような目で見つめ返し、そう言った。

「そんなに驚きました?」

「驚いたわ。弟が来たのかと思った」

「弟?」

「時々ね、弟を探し回っている夢を見るのよ。その中で聞いた弟の声に、よく似ていたから驚いたの」

そう言い、夢の再現ドラマに期待した分の落胆を隠そうとするかのように、たまきは中断した作業を再開した。

その横で、目の前の『聖書』を手に取った僕は、夢の話に興味をそそられ、続きを促した。

「夢、よく見るんですか？」

「そうね、見る方かな」

「俺も毎晩ぐらい見ますよ。だから、『ドリーム・パワー』が欲しかったんだけど、絶版じゃね」

「どんな夢みるの？」

「それは、いろいろ見るけど。でも、よく外国にいる夢は見ますよ。イタリアの田舎。それも決まった場所で。なんとなく悲しくなるんだよな、その夢を見ると」

「名前は？」

「何の？」

「その夢の中で、なんて呼ばれてるの？」

「あぁ、俺の名前？　それは分からないけど。田園風景の中に一人で立ってるだけだから。でも、誰かを待ってるような気がするんだよな」

「ディーノって、聞いた覚えない？」

「ディーノ？　ううん、ない」

「じゃ、カルラは？」

「それ、何かの映画に出てくる人？」

すると、たまきは苦笑しつつ僕を見上げ、両手を覆っていた軍手をはずした。

「蘇我くん、これから何か用事あるの？」

「別に、ないけど」

「お腹すいてる？」

「うん。少し」

「夕ごはん、ご馳走しようか」

「えっ、本当？　……ですか」

「ふふっ。この先に〈パーネ・ヴィーノ〉っていうトラットリアがあるけど、そこでよければ」

「どこでもＯＫですよ」

「じゃ、三十分後に待ち合わせ」

「もう上がれるんですか？」

「私は店員じゃないから、都合よく上がれるのよ。じゃ、後でね？」

たまきは、そう言い残すと、回収した書籍を積み上げたワゴンを押しながら徐々に遠ざかり、倉庫の扉を開け、その奥に消えて行った。

定刻に待ち合わせの店で再会した二人は、シンプルながらも重厚な雰囲気に充ちた店内で、空腹を満たす料理を口に運びながら、フィリッパ・ジョルダーノの流麗な歌声に耳を傾け音楽の話題で歓談する中、僕に投げかけるたまきの言葉と眼差しには、身内のような暖か味が感じられた。

「ところで蘇我くんは、クリスチャンなの？」

「ううん。どうして？」

「『イエスのミステリー』が欲しかったんでしょう？」

「あぁ、あれは、たまたま図書館で読んだら面白かったんで、手元に置きたいなと思っただけ。俺、キリスト教に興味ないから。興味あるのは、アラビアのロレンスとイスラム圏」

「アラビアのロレンス？」

「うん。中学生の時に映画を観て興味を持って以来、中東とイスラム圏は相性がいいんだ。相性が悪いのはイギリス。たぶん、前世でイギリスの十字軍に虐殺されたユダヤ人かもしれないな、なんてね」

「前世？」

思案顔で呟き、口元に運んだワイングラスをテーブルに戻したたまきは、そこでなぜか話題を変えた。

「蘇我くん、自己紹介して」

「うん？　あぁ。……市内の国立大学四年生。男三人兄弟の末っ子。アパートで一人暮し。ガールフレンドはいるけど、恋人はいない二十一歳。以上」

「恋人はいない二十一歳、以上？」

からかうように微笑み、煙草に手を伸ばしたたまきは、しなやかな仕種で火を点けた。

「なんか、書店の店員て雰囲気じゃないな」

「じゃ、どういう雰囲気なの？」

「うーん……、画家を目指して挫折し、画廊オーナーの愛人に納まった、元美大生」

「ふっふふふ。鋭いわね。その通りよ」

「えっ！　本当？」

「うそ」

「なんだ、びっくりした」

からかい甲斐のある僕に向けるたまきの嘘は快く、笑顔はやさしさに充ちていた。

「私は、二十二歳の時に留学先で知り合ったイギリス人と結婚して、一年後に離婚。それ以後独身。職業は、インターネットの翻訳サービス。二十六歳。一人暮し。妹が一人。他に訊きたいことは？」

「さっき、店員じゃないからって言ったけど」

「父が経営者なのよ。だから、時間があると駆り出されるの」

「あぁ、そういうことか。よかった」

「何が？」

「いや、ただ、なんとなく」

一時間前は書店の店員と客の関係だった。今は、親しく語り合えるトラットリアの同伴客。そしてこれから、また別な関係へと発展するのか今の連続で終わるのか。やさしい色合いが綺麗なソプラニー・ピンクのパッケージを眺めながら、イギリス人との結婚、離婚を経験したたまきの心情を思うと、なぜか胸の奥が痛み、息苦しさを覚えた。

「蘇我くん。前世って信じてるの？」

「うん、まあね。友達に精神世界が大好きな女の子がいて、よく聞かされてたから」

「私も信じてるの。さっき言ったけど、夢の中で探している弟の話、あれね、前世の記憶だと思うの」

たまきは、僕に何かを訴えかけるような目で、そう言った。

「もしかして、その弟の名前が、ディーノ？」

「そう。姉の私が、カルラ。二十歳ぐらいの時に連れ去られた弟を探し回っているの。何もない淋しい田園風景の中で、泣きながら弟の名前を呼んで」

「それ、どこの国の人の名前？」

「イタリア」

一瞬、顔が強ばり、周囲の物音が消えた。

「驚いた？」

僕は返す言葉が見つからず、グラスに残ったワインを一気に飲み干した。

「私、蘇我くんの声を聞いた時、本当に驚いたの。あまりにもよく似てたから」

「どういう理由で連れ去られたの。その弟」

「『古事記』に出てくる、木梨之軽王（きなしのかるみこ）と、妹の衣通郎女（そとおしのいらつめ）の話、知ってる？」

「古事記？　まともに読んだことないから知らないけど、その話と関係あるの？」

「うん。今度、機会があったら読んでみて」

「ここじゃ言えないような話？」

「……愛し合っていたのよ」

「……近親相姦？」

たまきが頷いた時、鳥肌が立った。まるで、夢の中の姉弟が、僕とたまきだと断定されたようなショックを受けたからだった。

「エドガー・ケイシーの場合、催眠中にリーディング、つまりチャネリングをしてたのよ」

ガールフレンドの一人で、精神世界に精通した森下霞は、性格通り明快な答えを返す。

「エドガー・ケイシーって、誰？」

「……本貸してあげる」

「そんな面倒臭そうに言わないでさぁ、大体でいいよ」

「催眠中に人の前世を見たり、病気の治療法や処方に的確な指示をして、外傷から心の難病まで、あらゆる問題を克服するためのアドバイスをした人物」

「医者？」

「違うの。やっぱり本貸してあげるから、一通り読んでみたら？」

大学近くの教会へパイプオルガンの練習に向かう霞は、信号が青になった途端、足早になった。

「森下！　……霞ちゃん。……霞様。……こら、霞。待たないとレイプするぞっ！」

「んもぉー、やめてよぉー恥ずかしい」

横断歩道の真ん中で振り返った霞は、怒りと羞恥をミックスしたような渋い顔で睨んだ。

「やっぱり女の子を困らせる殺し文句は、レイプか」

「フン！　そんな度胸もないくせに」

そして僕の顔面に、パンチ！　の手真似をすると、渋々歩調を合わせた。

「晩飯、パスタのスペシャルセットでいい？」

「ご馳走してくれるの？」

「ファミリーレストランで良ければ。そのかわり、前世の話もっと詳しく教えてよ」

霞は仕方なさそうに頷くと、吐息まじりに問い返した。

「だけど、突然どうして前世に興味を持ったわけ？　私、そっちの方に興味あるな」

「初対面の人に、どこかで会ったような気がするって言われたんだよ」

「よくある話ね。その相手、男の人？　女の人？」

「女の人」

「年齢は？」

「二十六」

「危ないな。梁ちゃん、誘惑されたんじゃない？」

「違うよ。それなりに根拠はあるんだよ。説明すると長くなるけど」

「根拠ねぇ。その根拠と思い込みの違い、きちんと認識できてるの？」

霞は、僕の曖昧な否定を戒めるような表情で、切り込むような言い方をする。

「別に、悩んで相談してるわけじゃないし、思い込むほど親密な関係でもないよ。

ただ、思い当たることがあるから前世に手がかりを求めただけで。でも嫌ならいいよ。別な方法考えるから」

「誰も嫌だなんて言ってないじゃない。ただ、梁ちゃんが心配なの。年上の女性に弱いから」

「なに言ってんだよ。それこそ、どこに根拠があるんだよ」

「自分で言ったじゃない。俺は男兄弟だから、シスコンだって」

「いつ？」

「酔って私の部屋に泊めてあげた時。それで何もなかったから、なるほどと思って納得したの。心身共に興味の対象は年上の女性に限るのかって」

教会の尖塔が見えた所で僕の深層心理を暴いた霞は、少しばかり気が咎めた様子で、そっと手を握りしめた。

「ねぇ、パイプオルガン聴いていかない？　梁ちゃんが好きな『フーガ・ト短調』と『サルヴェ・レジナ』弾くから。ね？」

「教会は嫌いだから、いいよ」

「私は？」

その唐突な問いは厄介で、声音に漂う隠微な色香に執拗さが感じられた。

「チェンバロ好きだから、『イタリア協奏曲』ぐらいの魅力はあるよ。じゃ、七時に待ってる、いつものファミレスで。じゃね？」

「ねぇ、それどういう意味？」

霞は手を離さない。

「だから、パイプオルガンよりもチェンバロの音に似ていて、「サルヴェ・レジナ」のへ短調よりもイ短調に近い。そういう感じだよ」

「要するに、明るくて落ち着きがない賑やかな女って言いたいわけ？」

「なんでそんなに食い下がるんだよ」

「だって……」

その時、教会から出てきた老齢な外国人が、困り果てた僕に向かって会釈をした。

「パイプオルガンのレッスン？」

「あ、カリキスト神父様。えぇ、三時から」

「お友達ですか？」

「あ、そうです。同じ学部の蘇我梁くん」

「ソガリョウ？　素敵な名前ですね。あなたも、レッスン？」

「いえ、用事があるんで、もう帰ります。それじゃ失礼します」

辛くも、その場を立ち去ることができた僕の目に、窮地を救ってくれたカリキスト神父の姿は、正に救世主のように見えた。


〈夢は潜在意識の一部分を象徴している〉と本には書いてある。また、〈夢はこれを解く者の言葉に従う〉という有名な言葉もある。

別に夢占いに興味があるわけではないが、たまきから聞いた夢の情景を容易にイメージすることが出来たのは、以前観たテレビドラマや映画の一シーンの記憶ではなく、その場に居合わせたことがあるかのような臨場感に迫られたからだった。

そんな僕の前に、霞は『前世発見法』と題された一冊の本と、何かのアンケート調査でもするような、十項目の質問を書きつけた一枚のプリント用紙を差し出した。

「何これ？」

「見た通り。前世発見法。この十項目に正直な好みを記入して、前世から持ち越したものを探って行くのよ」

「ふぅーん。で、この十項目に記入した答えを鑑定するのは誰？」

「私」

「なんだ、それじゃあてに出来ないな」

「いいじゃない。知的なゲームだと思えば」

「だったら、ゲームじゃなくて本気で調べてくれよ。嫌いなものも書くから」

「まぁ、その方が面白いけど。ねぇ、その前に……、トマトとモッツァレラのサラダと、サーモンのパパイヤ巻きと、モカのアイスクリーム注文していい？」

霞は、プリント用紙の上にメニューを広げ、注文の催促をする。

「あぁ、いいよ。あ、俺にもコーヒー頼んでおいて」

　すると霞は、不服そうな顔で近くのウェイターに向かって手を上げた。そして僕は、さっそくプリント用紙に書かれた十項目の質問に、答えを記入しはじめた。

〈好きな国〉　イタリア。中東諸国。ギリシア。トルコ。エジプト。
〈特定の場所〉　砂漠。フィレンツェ。トプカプ宮殿。マレンマ。
〈言語〉　イタリア語。スペイン語。ヘブライ語。
〈人物〉　アラビアのロレンス。ジャラール・ディーン・ルーミー。
　レオナルド・ダ・ヴィンチ。ローマ皇帝。
〈音楽・楽器〉　淋しいメロディーの歌。アラビアンポップ。チェンバロ。
　マンドリン。ウード。
〈時代〉　ルネサンス期と退廃のローマ帝国時代。
〈書物〉　雨月物語。
〈職業〉　画家。大道芸人。
〈現象〉　魔術。テレパシー。
〈その他〉　古いイタリア映画。

〈嫌いなもの〉　密室。エレベーター。海。
島。船。夏。映画『パピヨン』

「出来た！」

「完成？　見せて」

僕の前世探究に少なからず関心を寄せはじめた霞は、食べかけのデザートを横に置くと、さっそく僕の好き嫌いリストに目を通した。

それから、ほどなく、前世発見法リスト創案者の想像力を介し、僕の前世の一つがショート・ストーリーとなって具現化された。


――いくつかの前世の一つは、地中海沿岸の地域で送った華やかな生活であったこと。

宮廷画家か、あるいは宮廷に縁のある職業で、シルクロードを渡り歩いた。しかし、何かのアクシデントに見舞われ、絶海の孤島に幽閉された。その時の恐怖と孤独と絶望感が、潜在意識の中に密室を嫌う本能として残っている。――

「どう？　思い当たることある？」

霞は、霊能者にでもなったような顔で、ストーリーの真偽を問う。

「アクシデントの要因は？」

「そこまでは分からないけど、でもイギリスが嫌いで中東が好きということは、梁ちゃんが好きなアラビアのロレンスのような感じじゃない？」

「それじゃ肝心な所が分からないだろう」

「どこが肝心な所なの」

「だから、恐怖と孤独と絶望にうちひしがれる原因だよ」

するとは霞は深いため息を吐き、溶けはじめたアイスクリームをスプーンでかき混ぜ、口の中に流し込んだ。

「そうだ。もしかすると、雨月物語の『菊花の約』とか『浅茅が宿』のような事があったのかもね。〈去りてもと思う心にはかられて世にも今日まで生ける命か〉あれは切なくて涙が出るもん。恋人との再会を誓い合って、離れ離れになったとか」

その時、霞の少女趣味が呼び寄せた古典悲劇に、一蹴できない大きな手がかりが隠れているように思えた。

「仮に恋人がいたとして、現世で再会したら、ピンとくるものかな？」

「より多く恋焦がれていた人の方が、ピンとくる可能性は高いと思うけど。前世の出来事や感情や才能は全部魂に記憶されているのよ。だから、たとえば二度と同じ過ちをくり返したくないと思って無意識に避けるとか、あるいは天才と呼ばれた芸術家が、幼い頃からその天才ぶりを発揮できるのは、前世から持ち越した才能を再生しているからなのよ」

霞は、そこでコーヒーを飲み、さらに続けた。

「ただし、恋人との関係に問題がなければ、現世でも似たような関係を築くことが出来るけど、不条理な関係だった場合は悲劇よね」

「不条理な関係？　たとえば？」

「不倫。同性愛。近親相姦。異常性愛」

近親相姦という言葉を聞いた瞬間、身体中の神経が凍りつくような衝撃を覚えた。

「どうかしたの？」

「うん？　いや別に。なんで？」

「顔色が変わったから、何か心当たりでもあるのかなと思って」

「ないよ。あったら小説でも書いて、芥川賞狙うよ」

「小説なら、私の方が可能性は高いと思うけど。憧れの清少納言のような女流作家」

「あ、そうだ。古典得意だったよな」

「うん、好きだけど」

「『古事記』全部読んだ？」

「一応ね」

「その中に出てくる、木梨之軽王と衣通郎女の話、知ってる？」

するとと霞は視線を宙空に向け、記憶の書庫から取り出した『古事記』のページを捲り、しばらくすると、言った。

「禁忌。兄と妹の禁じられた恋よ」

「で、結末は？」

「たしか流刑の地へ向かった木梨之軽王を追って、衣通郎女が追い着いた後、心中したと思ったけど」

「心中か。いかにも古典だな」

「でも、世の中の出来事は、古典の世界と変わらないじゃない。歴史はくり返すって言うけど、その通りだと思うな」

そして前世の因縁も、現世でくり返されるのかと思うと、たまきとの関係に歓喜あふれる発展など、期待できないような気がした。

たまきとの出会いから二ヶ月が過ぎ、夏休みに入ると再びビブロスに心が向いた。無論、たまきに会いたくて。

たまきが店に顔を出すのは、土日の午後に限られている。インターネットの翻訳サービスが本業だからだ。

そして僕は、土曜日を選んだ。それまでに何度か書籍を購入した際、たまきを見かける確立が最も多かったのが、土曜日だったからである。

その日、午前中の授業が終わると、とりあえずアパートに戻り、雑誌社から届いたＦＡＸの記録紙を整理してパソコンに向かった。

住宅情報誌に掲載されるアパートやマンションの間取り図を、パソコンを使って制作する在宅アルバイトは割がよく、僕にとっては時間に拘束されることのない好都合な収入源になっていた。

「さすがに土曜日は少ないな。三枚か」

届いた原稿枚数を確認し、クライアント名を一枚ずつ目で追った。

工藤建設……、賃貸情報センター……、帝たまき。

「帝たまき？」

思いがけないＦＡＸに胸が高鳴り、思わず背筋が伸びた。

梁ちゃん。最近、例の夢を見ません。たぶん梁ちゃんと出会ったことで、夢を見る必要がなくなったのかもしれません。また顔を見せてね。毎週土曜日の午後は店員ですから。

帝たまき

「そのつもりだったんだよ。ヤッホー」

たまきのメッセージに躍り上がって喜んだ僕は、煙草を立て続けに三本喫った。そして、ヒューイ・ルイス・アンド・ザ・ニュースの『パワー・オブ・ラブ』を聴きながら、依頼された五件分の間取り図を一時間三十分で完成させ、部屋を出た。

向かった先は、ＣＤショップ。たまきが好きだと言っていた、ミルバの『地中海のバラ』が収録されたアルバムＣＤが欲しかったからだ。ところが、僕が所望したイタリア語盤は廃盤。仕方なく『日本語の歌』と題されたアルバムと、ポルノグラフィティの『サウダージ』を買い求めた。

市内北端のＣＤショップから、南端のビブロスまでバイクで約四十分。到着した時刻は五時。

逸る気持ちを抑え、ビブロスの店内に入ると、すかさず、たまきの居場所に向かってレーダーが作動する。と、ほどなく、漫画本を立ち読みする学生集団の端で、新着本の差し替え整理をしているたまきの姿が目に留まった。

僕は周囲の人垣が目障りだったので、後方から近づき、たまきの肩に手を触れた。

「あら、来てくれたの？」

振り返ったたまきは、やさしい言葉と笑顔で僕を歓迎してくれた。

「うん」

「これからの予定は？」

「別に、ないけど」

「じゃ、デートしようか」

「……本当？」

思いがけない一言に驚き、遠慮がちに問い返すと、たまきは笑顔で頷き、軍手をはずした。

「お腹すいてる？」

「ううん。だって、まだ五時だよ」

すると、腕時計を覗き小さく頷いたたまきは、軍手をエプロンのポケットに仕舞い込む。

「いつも軍手はずした後に、お腹すいてるって訊くんだね」

「そう？」

「うん。なんか、うちのお母さんみたいだな」

「五歳しか違わないのに、親子になっちゃうの？」

「いや、そういうわけじゃないけど」

「ふふ。十分ぐらいで出られるから、駐車場で待ってて」

「うん。待ってる」

たまきの言うことなら何でも聞きたかった。

たまきの姿を見ると胸が高鳴り、笑顔を見るとハートが溶けそうなほど柔らかくなるからだ。

そして、たまきが、僕にだけ分かるように小さく手を振り、〈関係者以外立入禁止》と書かれた扉の向こうへ消え去ってしまうと急に淋しくなり、書籍への興味も湧かず、そのまま店を出た僕は、隣接の駐車場へ向かった。

シルバーのロゴ入りTシャツに、ジーンズ姿で現れたたまきは、目の前の黒いCRXを指差し、手招きした。

「CRXに乗ってるの？　カッコイイな」

助手席に座った僕の素直な感想を、笑顔で聞き流したたまきは静かに車を走らせた。

「どこ行くの？」

「タクシーじゃないから、運転手の家」

あっさり答えたたまきに唖然とし、くわえた煙草を落としそうになった。

「嫌なら変更するけど」

「まさか、嫌なわけないよ。心の信号は、いつだって青だもん」

「ふっ。可愛いこと言うのね、梁ちゃん」

狭い車内で聞くたまきの声は、甘くしなやかで、妙に照れ臭かった。

僕は煙草を喫いながら、ルームミラーに映るたまきの美貌を眺めた。

やさしさに秘められた情熱が見え隠れする大きな目。西洋と東洋の間に位置するような高い鼻梁。厚情そうな紅い唇。そこに、女性的な雰囲気を決定づける柳眉。

「どうしたの？」

たまきは、ルームミラーに尋ねた。

「うん？　いや、綺麗だなと思って」

「ふっ。梁ちゃん、女の子にもてるでしょう」

「全然」

「そう？　綺麗な顔してるし、率直で面白いし、もてると思ってたけど」

「興味のない女に限って寄ってくるんだよな」

「どういう人？」

「学校の女友達とか生協のおばさん。あと、スーパーのおばさんとか、コンビニのおばさん」

「はははは。おばさんキラーなのね」

その後しばらく、たまきは笑い続け、笑い疲れた頃、市内中央の高台に建つマンションに到着した。

「何階の部屋?」

車から下りた途端、僕は尋ねた。

「八階よ」

そして地下駐車場から、エレベーターに乗り込む間際、再び尋ねた。

「ここ、階段ある?」

「階段?」

たまきが訊き返した時、エレベーターの扉が開いた。

たまきは振り返り、笑顔で促す。

僕は吐息を漏らし、足を踏み入れた。そして、たまきが八階のボタンを押してまもなく扉が閉まると、目の前が暗くなった。

「気分悪いの? 顔色よくないけど。……大丈夫?」

「恐くて……」

壁ぎわで目を閉じ震え出した僕を、たまきはすかさず抱きしめた。

「言ってくれれば良かったのに。がまんできる? もう少しよ」

僕は、たまきにしがみつき、およそ四十秒ほどの時間を恐怖と闇の中で耐え、扉が開き、何か呟きながら乗り込んで来た一人の外国人男性と入れ替わりに密室から開放された瞬間、安堵の深い吐息をついた。

「大丈夫？」

「うん。外に出れば、大丈夫」

たまきは、心配そうな顔で僕の額ににじんだ汗をハンカチで拭い、手を握った。

「もう大丈夫だよ。それより、さっきの人、なんて言ってたの？」

「あぁ、カナダから来た人ね。〈なんて幸運なんだ。アフロディテとアドニスのラブシーンを見せてもらった。ありがとう。お幸せに〉」

「ふぅーん。咄嗟によくそういう言葉が出てくるよな」

「……ねぇ、梁ちゃん、何か冷たいもの飲もうか」

「うん。そういえば、のど乾いたな」

そして僕の手を取ったたまきの横顔を見た時、不安と恐怖の色が、青白い顔に広がっているのが分かった。

白い内壁の広い部屋を埋めているのは、大きな書棚とテレビ、ステレオコンポ、ガラスのテーブルとソファー。そして窓際に背の高い観葉植物が一つ。

「座って待ってて」

奥の部屋から、たまきが声をかけた。

「ねぇ、801って、漢数字で横書きにすると、ハローって読めるよね」

咄嗟に、そんな言葉を返すと、忍び笑いと共に、たまきが戻ってきた。

「深ちゃん、さっきのカナダ人に負けない面白い言葉が出てくるのね。感心するわ。ねぇ、アイスコーヒーでいい？」

「うん、いいよ」

たまきがキッチンへ向かい、アイスコーヒーを作り始めると、さっそく部屋の印象を率直な言葉で伝えてみた。

「ねぇ、女の人の部屋って、マリー・ローランサンの絵画とか、ピエロの人形が置いてあって、香水の匂いがプンプンするものだと思ってたけど、全然ちがうんだね」

「それはテレビドラマの部屋よ。見える贅沢は飽きがくるけど、見えない贅沢は飽きないの」

「ふぅーん。要するに、大人なんだ」

「そんなことないけど」

キッチンから戻り、テーブルに二人分のアイスコーヒーを置いて隣に座ったたまきは、寛ぎの表情で煙草に火を点けた。

途端に、緊張感と幸福感が押し寄せる。

「今日、ミルバのCD買ったんだ。でも、日本語盤しかなくて、ちょっと残念」

「持ってるの？　今」

「うん。聴いてみる？」

「うん、聴いてみたい」

僕は、バッグから取り出したCDを、ちょっと得意気にたまきに手渡した。

「へぇー、こういうアルバムあったの。知らなかった」

「で、本場イタリア語の『地中海のバラ』って、どういうの？」

「じゃ、両方聴いてみる？」

「うん、それがいいな」

不思議なほど澄みきった空気の中で、言葉を介した心と心が触れ合う。けれど、壁の白さが目に痛く、もの悲しい歌が心の奥に染み透る。

初めて聴いた『地中海のバラ』は、何度でも聴きたいけれど、聴くほどに切なくなり、哀しく辛い過去の想い出に、魂が緊縛されるような感じの歌だった。

「窓開けていい？」

その言葉を待っていたように、たまきは頷く。

僕は、哀しみの密度が濃くなった部屋の空気を解放し、遠い風景を眺めた。

「梁ちゃん、夕ごはん何が食べたい？」

「……メロンパン」

「それはおやつでしょう？」

「でも、今はメロンパンが食べたいんだよ」

「そんなに好きなの？」

「淋しい時は、なんだかメロンパンが食べたくなるんだ。涙流しながら食ったりして。……変かな？」

振り返った僕を、たまきは切なそうな目で見つめ返す。

その目に、思い切り抱きしめられたいような、背を向けてしまいたいような、分裂した思いに心が乱れ、視線が揺れ動く。

そんな僕を捕えるたまきの目に涙が溢れ、こぼれ落ちた。

「どうしたの？」

驚き、咄嗟に歩み寄った僕を、たまきは引き寄せ、抱きしめた。

「前にも、こうして愛したことがあるような気がするの」

「……」

「遠い記憶のどこかで、あなたを愛していたような気がするのよ」

そして、たまきは遠い記憶をたぐり寄せ、僕の耳元に、頬に、唇に、思いを重ね、追想し、再現して行く。けれど、前世と現世の扉の前で躊躇する僕は、どちらの扉も開けられずに、微妙な距離を作った。

「恐い？」

「……なんとなく」

「私も、恐いの」

「どうして？」

「エレベーターの中で、粱ちゃんが恐がってしがみついてきた時、胸の奥がとても痛んで苦しくなったのよ。どうして、そうなったのか分からないけど」

たまきは、そう言い、僕との間に距離を置いた。

「なんか、おかしいよね。前世がどうだろうと、今は他人なんだし。恐がる理由なんかないのに」

「魂が憶えてるのよ。でも、梁ちゃんの言う通り、考えすぎかもしれない」

たまきは、静かに諦めるような口調で言った。

けれど、たまきが少しでも離れると泣きたくなるほど切なくなるのに、近づくと恐くなるわがままな心情に、僕は苛立ちはじめた。

「こういうの、トラウマって言うんじゃないの？　テレビのドラマで観たけど。観てる方は苛々するんだよな」

「だから、気持ちが分かると辛くなるのよ」

「……」

「『サウダージ』も買ったの？」

「うん？　あぁ。前から欲しかったから、ついでに買ったんだ」

テーブルの隅に置いたもう一枚のＣＤを、たまきが手に取った。

「梁ちゃん、この歌、聴いてもいい？」

「うん、いいよ」

そして僕がＣＤをセットし、『サウダージ』が流れると、歌詞カードを見つめていたたまきの手がリモコンに伸び、指がリピートモードを選んだ。

霞が創作した僕の前世物語は、架空でありながら、たまきとの因縁尽を簡潔に説き明かす有力な仮説となった。その仮説が禍し、僕とたまきは寝食を共にする姉弟のような関係に甘んじながら、数ヶ月を見送った。

「ねぇ、なんで家でインターネットやらないの？」

「あんまり好きじゃないから」

「仕事でやってるのに？」

「そういう会社に就職したから、仕方なくやってるの」

「ふぅーん。携帯電話も嫌いでメールも嫌いで、なんだか古典主義みたいだな」

「ふっ。古典主義？」

「うん。でも、英語の翻訳なんかやってて、なんかカッコイイよな」

「ふふふ。格好だけよ」

愛情に充ちた会話は心を重ねる。けれど、重ねられない肌の温もりは、遠い記憶の中で犯した罪悪感となって、二人の本能に重なる。

「梁、暇なの？」

「なんで？」

「マッサージして欲しいから」

「映画観てるんだよ」

「『ゴールデン洋画劇場』は終わったでしょう?」

「なんだ、本読みながら、ちゃんとチェックしてんのか」

僕は渋々立ち上がり、ベッドを椅子がわりに腰を掛け、洋書を読んでいるたまきの肩に手を乗せた。

「少し痩せた?」

「気のせいよ」

「そうかな。寝てる時に触ったら、前より痩せたような感じがしたけど」

「ちょっと、寝てる時に何してるのよ。まったく油断も隙もないんだから」

「一緒に寝てるんだから、触るぐらい、いいだろう? キスもしたけど。濃厚熱烈なキス!」

「……」

「どうしたの? 怒った?」

「ううん。何もない方が、おかしいのよ。違う?」

思っていることは同じなのだ。ただ、口にすることが出来なかっただけだった。

　そんな思いを抱きながら、黙する僕の手にたまきの手が重ねられ、襟元から続く暖かく柔らかな感触へと導かれた瞬間、前世の封印を解く愛の鍵を手渡されたことを悟った僕は、迷うことなくたまきの導きに応え、首筋に、頬に、唇に、現世の愛の息吹きを注ぎ込んだ。

「なんか、目眩がしそう」

「長い夢から醒めたような顔してるわよ」

「ずいぶん遠回りしたからさ。イギリスへ仇討ちに行ったりして」

「私のこと？」

「まあね」

　暖かな波動に包まれた二つの魂は、融合の時を迎え、熱い視線を絡ませた。

「梁。今度、イタリアへ行こうか」

「イタリア？　うん。あ、イタリアなら、行ってみたい所があるんだ」

「どこ？」

「フィレンツェとマレンマ」

「マレンマ？」

「うん。高校生の時、『マレンマの哀歌』っていう詩を読んで、絶対ここへ行きたいって思ったんだ」

たまきは、そんな僕を愛おしむ姉のような表情で抱き寄せ、情愛の全てを注ぎ込む。

「もっと早く、こうしたかったの」

「うん。俺も、もう遠慮しない」

そして、いくつもの拘わりが衣服と共に次々と脱ぎ捨てられ、血脈の鼓動が暖かく柔らかな肌の温もりと共に激しく流れはじめた。


「逢いたかった、愛する人に」

「逢えてよかった、愛した人に」

数百年の時を彷徨い続けた魂が、再会を誓い合った魂に触れた時、いにしえの約束事が蘇る。

マレンマよ、マレンマよ
悲しいところと人はいう
そこでは鳥が羽根を落とし
私は愛する人を失った
（マレンマの哀歌）

「ディーノ！　来世で、必ず」
「うん。必ず。……カルラ！」

遠い記憶のどこかで、そんな約束をしたような、気がした。

normal《ノーマル》

黒田《くろだ》しおん

明窓出版

平成十三年十月二十五日初版発行
発行者――増本　利博
発行所――明窓出版株式会社
〒一六四―〇〇一二
東京都中野区本町六―二七―一三
電話　(〇三)　三三八〇―八三〇三
FAX　(〇三)　三三八〇―六四二四
振替　〇〇一六〇―一―一九二七六六
印刷所――モリモト印刷株式会社
落丁・乱丁はお取り替えいたします。
定価はカバーに表示してあります。

JASRAC 出0111650-101

ISBN4-89634-082-5

ホームページ http://meisou.com Eメール meisou@meisou.com